太宰治 請留步

黃文鉅 著

目次

輯二——人間失禁

輯三——逆行

〔推薦序〕

天粘衰草

◎楊佳嫻

感情用事的黃文鉅，時隔九年，終於推出第二部散文集《太宰治請留步》。想想當年文鉅考上碩士班時，我們曾約在台北溫州街雪可屋暢聊，那時候雪可屋的地板還沒那麼下陷，階梯上黃草也還沒冒頭，原以為這永恆地景肯定會在原處逐漸縮小成灰，如今都要搬遷了。時移事往，且衰且微，已然成了中年人（京劇式震驚甩髮）。

社群網站興盛，使你我經年不見也彷彿後窗比鄰，隨時可以窺見對方生活局部。文鉅的臉書頁面，我的印象是燒炭、伏特加和太宰治（太宰治炭燒伏特加？好像是一種很威的飲料，即喝即衰）。我曾以為文鉅會成為學者。博士班讀到一半，做了記者，寫東山彰良的採訪，文采與觀點兼具，我還曾在寫作課上拿來當教材。我又以為文鉅會如我另外一位朋友房慧真那樣，從此轉移跑道，近來又得知他辭職了。人生多歧路，歧路多惡犬，命運追迫有時候就是這麼樸實無華，《太宰治請留步》內對於生活的必然與偶然怎樣扭結，人怎樣總是走上原先預想不到的方向，那文字氣勢竟如潑灑拖地水——誰跟你保證文學一定帶給你真善美？越活越像樣固然可喜——你怎麼知道不是勵志書懸掛的假蘿蔔？

書名祭出太宰治，作為全書精氣神。憑一張支頤愁苦之臉成為人人都認得的文學符號，印刷在日本文具店裡的便條紙上，刻成橡皮圖章，方便蓋在任何一封信末尾，文青度迅速上升。這位文豪擅長裝模作樣，自戀自艾；好看軀體一旦皺敗，似乎使人羞恥，華貴過的往往想像自己不能承受一顆厚床褥下的豌豆。這世界其實由豌豆鋪成，處處埋伏，幾成常態，根本腳底按摩健康步道。〈偶像包袱〉一文，談到太宰治小說中那時時刻刻留心擺出好姿態的小說家角色，老疑心人家虧待自己，既需要視線又厭惡視線，他人即地獄。恥於軟弱頹廢，但沒有要振作的意思；認真擦冷水澡振奮精神、練肌肉如把鐵揉入身體，那是三島的作風。〈太宰主義〉裡指出，三島骨子裡和太宰相差不遠，卻想藉由重整自我來博取聲量，多麼媚俗；然而，太宰也同樣媚俗，媚俗同時又掙扎，拚命取悅人的同時，一種自我厭惡也鈍針般血肉裡攪動。

文鉅拈出太宰治，既是面具，也算底牌。不知該把自己安放在哪個位置上，不能良好適應強恃弱的現實人際，疾病和壓力像山坡滑移般壓垮家庭屋簷，回憶童年遭受老師與同學的霸凌，工作後遭受職場霸凌，冗長夢中也出現那階層化的封閉小社會。這些困境很普通，也很真實，人人都可能遇到，但不減弱其殺傷力，高敏感的人在普通困境中也宛如置身劍山沸鍋。太宰治的裝模作樣總透露出滑稽，分不清悲劇或鬧劇，藉著小說的帷幕遮羞，半真半假之間傾心吐膽，硬擺出帥氣狀以後肯定得扭到脖子，搞笑解除尷尬。《太宰治請留步》也是如此，出入於文學故典，哭喪著臉，偶爾怒吼，情不自禁搜尋怪胎的蹤跡，凝視摺疊的倒影，括號內卻總要搞笑——如同第二輯名稱「人間失禁」——失去禁忌？失去自制？眼淚弄濕褲子？只有在寫到家內景況，面對父親的衰朽，母親的悶抑，只有在寫到摯友梅姬死去，魔山路途僅餘一人，括號收斂起來，搞笑的面皮收斂起來，不只是是枝裕和電影裡說的「不是每個人，都能成為自己理想的大人」，辛酸處更是「努力衝刺過仍不中用於世，感到無能為力也欲振乏力」，不只乏力，還可能「欲振乏命」。衰人也怕被看衰，勉強撐起嘴角。這時代裡魯蛇要有自知之明，還得學會自嘲，可是，會不會有笑著笑著無論如何都笑不出來的時刻？

當球迎面飛擊，該巧妙躲閃還是正面對決？梅姬好硬，「我會去接球，不接到死也不甘心」。梅姬的硬同時也脆，早一步從魔山長夢中離席，她接到球了嗎？還是她已經發現，那肅殺低響破風而來的球，是這世間給你我的最具體的幻影？天黏衰草，霧失樓台——對不起搭錯線。城市倥傯浮盪，老公寓陽台頂常見一大蓬芒草竄出，高高粘住天幕，是在展望著那即將遠遠傳過來的球嗎？

「偏愛的作家似乎都有社交障礙，要是他們也來當今職場走一遭，大概很難倖存」，文鉅的偏愛名單裡還有張愛玲。愛玲和宰哥，看似九唔搭八，其實共體衰業。自傳小說《小團圓》近結尾時，九莉三十歲了，談過的戀愛以難堪方式失敗，親子關係無可挽救，寫作事業晦暗不明。《太宰治請留步》，屢屢遭挫的人生徘徊括號內外，文鉅在括號內扮丑，世間常情總以括號想把怪胎衰人隔離起來，然而他或許是「把我包括在外」的。

（楊佳嫻，作家。台灣大學中文所博士，台灣清華大學中文系副教授。著有詩集《屏息的文明》、《你的聲音充滿時間》、《少女維特》、《金烏》，散文集《海風野火花》、《雲和》、《瑪德蓮》、《小火山群》、《貓修羅》等。）

「有句話叫『見不了光的人』，意指人世間悲慘的失敗者與悖德者。我覺得我『天生就是見不了光的人』，每當遇見被世人指為見不了光的人，我的心一定會溫柔起來。而且我這『溫柔的心』，是連我自己都陶醉的慈悲心。」

——太宰治，《人間失格》

輯一——諧殤

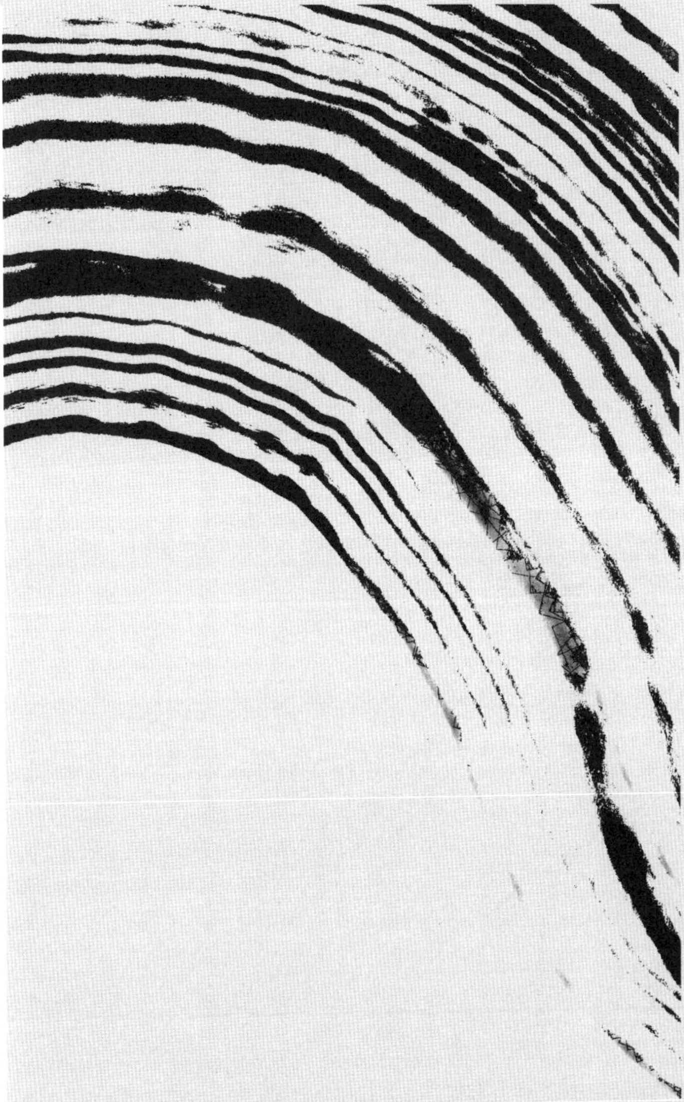

可惜我是牡羊座

和K君吃飯。在台北一間著名港式茶餐廳，點好菜，半晌，XO醬炒蝦仁先上桌。K君伸筷子叼了枚蝦仁，一入口便不無敏感地說：「太脆了」，話沒說完就吐出來，不吃了。遲鈍的我沒有差，不顧三七二十一塞上好幾顆，咬得口齒生香，他看不下去出口勸誡，「是藥水蝦，別吃了。」

幾道菜一掃而空，除了挾過幾箸的蝦仁。實在太惹眼了，一白頭老翁幾番在桌邊晃來晃去，眼神幽幽欲說還休。不知走過第幾趟，他終於停下來探問：「先生你們好，我是老闆，請問這道菜哪裡有問題嗎？」我掩面搶答：「啊，沒關係啦，你不用理他，是他有病。」K君神色坦然，微笑道：

「蝦仁有泡過藥水？吃起來怪怪的。」

老闆指天誓地掛保證，本店蝦仁絕不泡藥水，但上游批發過程有無貓膩不可得知，「不過為了聊表歉意，這盤菜算我招待。」K君非愛找碴的奧客，也不為貪小便宜，純粹是挑嘴，被老闆這樣一說，反而尷尬了，「沒關係啦，我們自己付就好。」老闆納悶苦笑卻不再堅持。

K君一介歪嘴雞，出身富貴人家，雖家道中落，但童年闊綽慣了，食不厭精，膾不厭細，凡魚目混珠皆不入口。尋常人邏輯是，錢既然花了，不吃白不吃。他老兄以為，花了錢還讓自己吃壞身體，更不值。又比如，食物有燒焦處他一概不沾，怕致癌，小心翼翼又理直氣壯，也無可厚非。然而每每相約用餐，我總得在店員面前壓抑尷尬癌發作。

奇怪的是，天秤座的K君嘴巴雖挑剔，回到現實，卻是薛寶釵那樣的角色，八面玲瓏不輕易得罪人，永遠一臉笑，魚尾紋從眼角漾開來，正能量可比勵志暢銷書作家。在水深火熱的職場，他待人謙和，甚少擺老油條的臉色或端架子，升任主管階級，居然每週跑大賣場採買五花八門的零食放辦公桌，以便隨時餵養屬下，培養工作環境好心情。

最令我匪夷所思的是，朋友出國度假數日，拜託他下班後到府餵狗，老狗一隻，牙鬆，燙好牛肉得一手一手撕碎，放碗裡，老狗齒關節鬆脫，肉邊吃邊掉，得蹲在一旁幫牠擦嘴、撿拾掉落地下的肉塊。早晚共兩餐，他天天騎著摩托車往返北區和南區不喊苦，更不賣弄人情討回饋；同事託買早餐，他義不容辭還不收費；跟他合租公寓的室友從不必繳水電瓦斯網路和管理費，他凱子爹全包了；聚會餐桌上他搶帳單速度無人匹敵，除了借錢（他月光族），壓根有求必應爛好人。

按他老兄博愛人間的說法是：「不看別人的壞處，要看別人的好處。」「施比受更有福。」傳教般的福音，聽在我這凡夫俗耳裡，只覺自慚形穢，啊，多麼痛的領悟！我上輩子莫不是痞子投胎，信奉人性本惡，秉持我不犯人、人不犯我的精神。雖不博愛，也不至於心中無愛。愛有等差比例，有親疏遠近，愛有應該付出和不應該付出的因時制宜，尤其，視對方是否為賤人而定。

坦白說，牡羊座如我輩中人，不管活到哪個歲數，都是長不大的死小孩。若是活在一齣必須較勁心機、城府深深的宮鬥劇裡，我敢說，喜怒形於色的牡羊座（或者廣義的火象星座們），肯定、絕對、勢必、無疑，是最早一批被鬥垮（打入冷宮）、鬥臭（放老鼠施虐）、鬥死（死了還鞭屍）的蠢貨。

不該笑的時候，牡羊座笑不出來；該笑的時候，牡羊座不一定陪笑。做人若是為了維持（易登大雅之堂的）表象，那人際，彷彿閃亮亮的七寶樓台，碎拆下來不成片段。牡羊座之人，尤其像我這般自尊心強的男人，倘若得不到他人的真心實意，寧願玉碎亦不苟全，牡羊座就是這點賤。

這樣的傢伙要嘛太活在自己世界，要嘛被人批評不夠社會化。到底怎樣才叫作社會化？為了一份不多不少的薪水，被職場霸凌了還得死拖活磨？被不人道的言語踐踏還得忍氣吞聲？火象星座之人，鋒芒畢露快意恩仇，好處看是心思坦蕩不藏妖納鬼，壞處看是小不忍則亂大謀。

我剪指甲習慣剪得很短，逼近肉縫邊緣那樣俐落。除惡務盡，不留餘地，眼裡容不下髒東西，是一種偏執，更是一種潔癖。儘管到頭來，終究是欲潔何曾潔。義無反顧拗起來，我往往是會把自己賠進去的那種人。

從前擔任記者時，採訪過作家畢飛宇，成長過程他一度拚了命抵抗父親，大學選填志願，被壓著頭讀理科，他偏不依，「誰把我擋住，我就毀我自己給你看。」父親沒轍，只能妥協，他如願讀了中文系，也憑寫作實力自我證明。

日本導演是枝裕和，早年在電視台工作心高氣傲，不懂得做人，得罪不少資深前輩，甚至被當眾撂狠話數落，他憤而曠職，其後花費數年，把自己放逐在權力邊陲的偏鄉校園拍攝紀錄片。或許是同理心使然，日後他的電影作品裡那些沉默、瘖啞、潮騷的人際關係，如同柔軟的棉花包裹堅硬的礦石。倘若不曾歧路亡羊，他的敘事風格恐怕不會如此觸動人心。

誰都不願討好別人，只想做自己。藝術家性格的人喜歡活得自以為是，但真正在歷史上留名的又有幾人？

年少得志的太宰治，曾在一九三五年入圍第一屆芥川獎，本以為勝券在握，不料竟讓一位叫石川達三的作家奪魁。太宰始終耿耿於懷，又因為被評審之一的川端康成大肆數落，忍不住寫了封落落長的公開信回擊，話語之難聽，在此不贅述。

總之演變成筆戰叫囂，間接也替剛設立的芥川獎打響知名度。勝負往往在九局下半才見真章。太宰最終踏上自殺之途，其人其書都成了傳抄不滅的經典，誰還記得石川達三呢？

話說回來，畢飛宇其實是摩羯座，是枝裕和跟太宰治倆人皆雙子座，但從血氣方剛又不假辭色的態度，很難不令人懷疑，這幾位的上升星座或其他宮位，與牡羊座乃至於火象星座脫不了關係。

前年底，職場不順，憋屈到瀕臨憂鬱症。找了易經老師，卜卦，說我有志難伸，在職場是媳婦命，奉勸多按捺性子隱忍。算了紫微斗數，同樣勸留不勸離。我很好奇，如果逆天了會如何？算命是為了隨波逐流，抑或背道而離？不久後，我還是忍不住提了辭職。

你說何苦？《紅樓夢》裡，曹雪芹給晴雯的判詞是：「霽月難逢，彩雲易散。心比天高，身為下賤。風流靈巧招人怨。壽夭多因毀謗生，多情公子空牽念。」說穿了，性格決定命運。

再說說林黛玉，性格小心眼、好猜疑，這種人活短了令人惦念，活長了就互為冤家。第七回，黛玉在寶玉房中跟大伙玩著解九連環，周瑞家的捧了宮製堆紗的假花踏進門，黛玉一瞥便說：「還是單送我一人的？還是別的姑娘們都有呢？」周瑞家的回答：「各位都有了，這兩枝是姑娘的了。」黛玉聽了冷笑道：「我就知道，別人不挑剩下的也不給我。」把周瑞家的堵得啞口。

第八回，黛玉聽說寶釵身體微恙，去探病，見寶玉已在房裡，笑著說：「噯唷，我來的不巧了！」寶玉連忙陪笑讓座。曹雪芹描寫此刻的黛玉雖有說有笑，但臉色想必如土，她又說：「早知他來，我就不來了。」言下之意是吃醋，脫口卻得理不饒人，不給誰人台階下。

第四十五回，黛玉跟寶釵盡釋前嫌，互剖金蘭語，「你素日待人，固然是極好的，然我最是個多心的人，只當你心裡藏奸……往日竟是我錯了，實在誤到如今。」假如，我說假如，薛寶釵學《後宮甄嬛傳》裡機關算盡的的嬪妃夾殺作亂，林黛玉這種直腸子大抵三兩下就領便當了。

年紀愈大愈好命理，倒非迷信，只是好奇人跟天之間的依違關係。雖然《紅樓夢》是小說，我還是上網查了資訊，據說賈寶玉是雙子座，林黛玉是雙魚座（上升星座恐怕也落在牡羊），薛寶釵是天秤座。曹雪芹筆下，性格最接近牡羊座的人應該是「爆炭」晴雯，不造作諂媚，重情義，敢愛又敢恨，嘴雖利，卻是典型刀子口豆腐心。

裝逼的騾子馱不了重。所謂冷面笑匠，是當別人皮笑肉不笑的冷場裡，也能在自取其辱的行為中，獲得快感（甚至快樂）。

但凡有一種資質是後天怎麼也學不會的吧，也有一種演技，是任憑你揣摩再三都怕會笑場，一不小心悲劇變喜劇，笑著流淚。有時候我也想學王熙鳳機關算盡、潑辣霸氣，更想要像賈寶玉那樣軟硬通吃殺無赦。再不然如薛寶釵世故圓融，在人際骨牌效應裡，總可以撈到些許好處。

可惜我是牡羊座。

做人指難

疫情延燒的歲末冬夜，一個失眠的人，打開葉片式暖爐，裹緊棉被縮在床上滑臉書，赫然發現了唐綺陽分析十二星座黑暗面的影片，不看則已，一看驚人。

如是我聞。國師曰：射手座、雙魚座和巨蟹座是戲精型小人，射手奉行老二哲學，擅於做形象，看似與世無爭，實則以退為進。巨蟹愛記恨，「擅長把自己經營成受害者」，職場上被巨蟹黑過者不可勝數。雙魚很精明，是最不易被詐騙的星座，如果被騙了，是自願上鉤；手段雖不如巨蟹，但祕密利器是裝柔弱，「說雙魚沒腦子的人，這輩子你可能沒看過腦子吧。」

天蠍座和牡羊座屬於砲灰型小人。天蠍愛撂狠話，其實脆弱膽小，慣用孤僻自我保護。牡羊呢，腹黑的篇幅超級少，堪稱「有勇無謀界」的佼佼者，「因為牡羊的人生志願是當大砲，而不是當小人。」（看到這句我噗哧笑出聲），哪怕看起來砲火隆隆，卻壓根不具備腹黑的續航力，國師下結論曰：「宮鬥戲最早死的嬪妃之一就是牡羊了。」此觀點跟我在〈可惜我是牡羊座〉的自剖如出一轍。

謀略型小人的代表，其一是金牛座，不隨意顯露情緒，但手裡握有一本有仇必報的帳簿，金牛的美德是忍，忍到時機成熟，鐵定加倍奉還。其二是天秤座，待人行事不會輕易表態，討厭在心底口難開，「表面什麼都不計較，暗地裡什麼都記得住。但天秤懶，非必要他不會出手。」其三是水瓶座，一旦腹黑，往往拉幫結派，擅於用言語洗腦他人，「把白的講成黑的」，而且「他不喜歡的人，自己人也不能喜歡。」

綜合上述，天秤座可說是我理想中的做人指南。如果可以選擇，我希望下輩子投胎當天秤座。

我認識許許多多天秤座的人，男女比例大約各半。天秤座的人，姑且不論星象落在太陽或上昇，他們的器宇特別大，他們的顏值特別亮，他們該短處很短（但不會讓你看），該長處超長，他們的人見人愛、八面玲瓏，永遠適才適所，活活潑潑彷彿特別應當（我敢發誓這篇不是天秤座業配文）。

《紅樓夢》第二十二回「聽曲文寶玉悟禪機，制燈迷賈政悲讖語」開頭寫道，賈母她老人家一見薛寶釵來了，心花怒放得不得了，因「喜他（她）穩重和平」；一悅之下，自掏腰包二十兩，交予王熙鳳，託她置辦酒戲，想幫寶釵慶生。晌晚，眾人照例向賈母請完安，一群姊妹們交頭接耳歡鬧啼笑著，渾然不覺，賈母的隨堂測驗已悄悄在醞釀了。

說時遲、那時快，賈母陡然出題探問（據說是天秤座的）寶釵，愛聽何戲、愛吃何物？言下意，先瞧瞧咱倆是否同一條道上的人，性子合不合得來，合得來，前路摸黑也相陪走到底。隨看今夕造化了。

寶釵識途老馬，自然不是省油的燈，早看穿賈母話中有話，索性順水推舟說道，自己喜歡熱鬧戲文，愛吃甜爛之食。言語靈巧，隨風招搖，彷若一尾日式的鯉魚飄。如此迂迴投其所好，賈母一聽，果然是「更加歡悅」。次日，又命人贈送衣服玩物等賀禮給寶釵。

然後重點來了，「王夫人、鳳姐、黛玉等諸人皆有隨分不一」。即便是幫「來者是客」的寶釵慶生，賈母也絕不會在人前人後獨寵她，力求雨露均霑，才不至淪為挑唆，令姊妹們種下嫌隙。齊景公「二桃殺三士」的計謀，歷史猶記在心，狠計歸狠，套用在現世人際或職場處世，厚此薄彼以失人心，莫蠢於此。賈母之所以為賈母，正在於她沒那麼俗頑愚鈍（薑是老的辣，莫非賈母也天秤座）。

到了寶釵生日這天，賈母在內院搭了個家常小戲台，點戲時，隨堂測

「可以中出嗎？」（那裡不行。嘴巴可以。）又變態又纏綿的場景被公式化，見色即是空，見空即是色。表裡不一的違和感，總讓人止不住想像，坐懷不亂的柳下惠被撕破衣衫內褲後，那抑情忍硬的場景會如何失控下去（笑）。

話說回來，禮貌客套的話語是栩栩的面具，背地裡多少真面目，恐怕是撇嘴、怒目和皺眉。另有一種對話狀況的怕尷尬，是怕冷場，想把場子搓熱，不讓對話出現罅隙，素不相識也得裝熟、裝嗨，拚了命填滿它。好像以為弭平了橫亙彼此的壑，距離就拉近些。生意人想必吃這一套，但若非親非故的，只怕給人留下「交淺言深」的厭煩吧。

填補冷場，最有趣的發明，是語尾助詞。之所以叫助詞，在結構上它無足輕重，是墊腳石，呼之則來，也隨時可棄不可惜。比如「關於這個劇情走向的部份」，「的部份」是無義贅詞，說話直接的人連「關於」的開頭都省去。「聽說某某山區有一個小女孩被父親拋棄了很可憐這樣，然後我們想問有沒有人響應捐款的動作，也許可以挽救一條無辜的生命這樣」，「這樣」、「的動作」、「然後」，無義贅詞同上，皆為了挽救言談窘局。

另有一種是發語詞，沒話找話，或嘴巴跟不上腦袋，將就延宕著：「呃……」、「這個這個這個……」、「那個那個……」、「是這樣子齁……」、「我跟你講……」。這一類言談中經常喧賓奪主，聽者對內容不復記憶，只剩玄之又玄的發語詞，在耳裡幻聽。

我從前有段時間在大學教書，剛站上講台第一年，犯緊張，口沒遮攔，動不動潑出不少難為情的冗詞。所以我非常佩服謀定而後動的人，冷場任其兀自冷場，想好了再開口，斷句錚錚切切，像電視新聞主播。

話說回來，有人誇獎薛寶釵識大體，也有人議論她是心機鬼。她的言行舉止為情勢所致，人之常情，不至於噁心。但《紅樓夢》畢竟不是專門刻劃心理的現代小說，誰也不曉得，薛寶釵心底喃喃了什麼，搞不好抱怨如潮水，靜靜的氾濫沒完沒了。

做人終究難。難在一個「做」字，如何「做」得滴水不漏，全憑功夫底細。人的本身複雜難解，不遜於精密機械，在未摸清對方底細以前，不輕易亮底牌，明哲保身為上策。在名利場混久了的人，不會不懂得某些漂亮話過不了秤——不實情，沒底氣，終究是虛幌的招。

可偏偏成人社交需要無傷大雅的過場，一場又一場，以各種廢到掉渣的發語詞或語尾助詞點綴之，跑跑龍套，炒炒氣氛，近似嚼口香糖，人工糖份無營養的概念。

記得是林夕幫陳奕迅寫的詞：「若無其事，原來是最狠的報復。」因為懂得，所以慈悲。若無其事是下下策、知其不可為而為之的反做人。若無其事是咫尺天涯劃清界限，是愛恨溺在心底還嘴硬。若無其事，遠比以直報怨或以怨報怨，更讓人不痛快。

寫到這裡，一陣天昏地暗，惘惘然憶起，在不識大體的那些年，曾被某長輩教訓「做人失敗」。我做人的確不太高明，多瑕疵，性子急又莽撞。然這世上，越是私德不良的人，越是喜歡規範他人溫良恭儉讓。

劍指他人道德有瑕，似乎一下子讓自己變得皎潔明亮，一輪滿月在背後光芒萬丈（自以為螢火蟲膩）。殊不知，正如「恐同即深櫃」的諷諭，是一種對於自身欠匱的反哺。

——殺別人家的雞來儆自己家的猴。不賠本不吃虧，毋寧才是真正的「做人得當」。

演算法

有一天，月黑風高，在社群媒體上百無聊賴逛著、逛著，陡然看見「馬卡」的推播廣告，暗自覺得讀起來音色鏗鏘，滿嘴芬芳（怎麼有點色色的），暗想，它或許跟「馬卡龍」有些親屬關係。也就只是好奇，純粹的好奇，好奇一下下而已，隨手（賤）就點了下去……頓時發現：是、壯、陽、補、品（眼神死）。

喔買尬！然後咧？

然後，我就（被）陽痿了（似的），演算法一天照十餐餵養山風海雨的系列廣告：壯年男性養生（人家才青壯年而已好嗎）、純煉馬卡噴雞精

（噴什麼鬼啦，是要噴到哪裡去）、讓沒耐心的男性也能有感覺（我是挺沒耐心但我超容易有感覺啊，喂）、戰神黑馬卡讓你朝氣蓬勃（嘖嘖，幸好我每日一柱擎天）、真男人就要吃這家馬卡（不要醬，不吃你家就註定沒凍頭、人生變黑白嗎）。

一切就只因為快過節了，想送禮，前一秒才搜尋過「馬卡龍」關鍵字，誰料到下一秒，演算法居然多管閒事，而且「觸類旁通」，盯梢著人類心血來潮或有意而為的虛擬動向。

我們已存活在一個被科技制約、監控的時代。

夜路走多了絕對碰到鬼怪。長夜難明，大道不行也，天下為攻。最好是乾坤入袖，錦衣夜行，他人匍匐趨之的路徑我偏不壓，繞遠路，抄捷徑都好，管它歧路亡不亡羊，沒有合宜不合宜，沒有應不應當，無所謂就任其無所謂的結界裡。

我常覺得社群媒體彷佛一面鏡子。每個人在其中挖掘自己和他人「不為人知」的另一面，然而那不為人知便是一種知，像細篩過的麵粉，不團結不黏纏，知之當為不知，不知則為知之。正言若反的悖論。

社群媒體充滿目的性。目的性除了在生涯規劃和異國旅行兩方面稍有建設性，除此以外的作為都太矯情——含沙射影的褒獎貶損、真假難分的人物設定、以退為進的商品宣傳，推書籍、推報導、賣臉蛋、賣身材、賣腦袋、賣口（文）才，什麼都可以是商品，沒有什麼不可以賣。天價或賤價罷了。

虛擬貨幣流通在一個又一個你情我願的點讚和分享裡，兌換存在感，也分攤寂寞感。每個人分明跟「葉佩文」很熟，卻又裝作素不相識。似乎這樣便可以跟世俗的「利令智昏」劃清界線。人不虛榮枉上網。

社群媒體是光明面（及其產物）的集散地，不歡迎負能量，做人行事，務必消極掰。一個一個人物設定，高調膜拜或揶揄他人，再低調塑自己成偶像：日日鍛鍊的健美肌肉（管你深V淺V、多大一包、六塊肌或人魚線）；號稱渾然天成（但美肌模式全開）的白嫩臉蛋；闔家歡樂兮兮不留隔夜仇、破鏡重圓找不出裂縫的天賜良緣；職場的權力遊戲裡運籌帷幄、唯我獨尊好棒棒。

社群媒體是顯微鏡，也是放大鏡。待人接物永遠那麼晶瑩剔透（你在看我嗎？你可以再靠近一點）；永遠那麼多惹人垂涎的珍饈美饌（替食物拍遺照，刻上墓誌銘）；永遠那麼多足智深謀的腦袋瓜子（人間無處不後宮）；永遠那麼多虎虎生風的邏輯和洞見；永遠無止境的讀萬卷書（知識份子的狼性自覺），行萬里路（大江大海七七八八）；永遠的（在虛擬實境）殺人不眨眼、船過水無痕，叫人無反駁餘地。

一山遠有一山高。自以為拍了部純愛劇，中段才發現好多妖精在打架。誰都可以在短暫的十五分鐘內稱帝、封后，在拖得杳長的謝辭中，打算高價兜售洋蔥，輕輕鬆鬆賺人熱淚，卻一不小心先逼哭了巨大不容忽視的自己。

知恥能改，善莫大焉。

活到目前我最需要下跪懺悔的罪過，是每每看見手機上有最新的推播通知就想馬上點開。軟體右上角，顯示紅色阿拉伯數字，數字累積越多，代表需要察閱的訊息越多。不知是否天生手賤，或眼睛有強迫症，隱然內建了「令人怦然心動的整理術」，只要推播一通知，我就想快快按它，讓它消失，還給手機乾淨的桌面，逼迫它井井有條，調教它乖。可惱，那些紅色數值令人像是長滿了針眼，疙瘩疙瘩戳著視覺反應，不甘心不觸碰。

好幾次，為了被制約的行為煩不勝煩，乾脆閉上眼去點擊，似乎這樣子就能掩耳盜鈴抵制它：「我才不會被制約呢。」無非是聲東擊西障眼法。但就結果論來說，右手沒有半點矜持點開了軟體，大腦仍然被制約著。生氣歸生氣，又沒骨氣完全棄用智慧型手機，否則任憑紅色數值無限上綱繁殖個沒完沒了，我兀自亂中有序也求個安心（才怪）。

再來是上網。為了躲避演算法這種處心積慮的陰謀，我刻意在臉書動態消息上面故作消極，故作傲嬌，故作機掰，處處唱反調，彷彿對漂亮肉體無端端的性冷感或陽痿的男人。不點讚，不回應，不轉貼，不讓滑鼠在喜歡的專頁或臉友的貼文上花時間泊宿。縱然我，無言獨上網樓，閱（人）如溝（壑）。沒關係我忍得住（臉紅）。

就像乾隆皇帝用膳，每道菜再好吃也只挾二箸，喜怒不形於色。集法家思想之大成的韓非子，向君王主張以法行賞罰，以術行操控，以勢行威赫，法、術、勢三者並行，看似無為，實則無不為。法莫如顯，而術不欲見，講的便是駕馭臣下的權術，萬不可輕易在人前洩露情緒脈搏，以防被奸佞賊子算計。

社群媒體向來是要一奉十。你要的它未必給，你不要的它偏推，但你不先給出相對應的祭祀品（時間和精力）便拿不到量身打造的回饋（資訊和知識，或者，呃，廢文），頗有點像性愛，也有點主奴趨從屬性。

如果正在瀏覽中的網頁，反覆出現怎麼按也按不掉的廣告推播（而且持續進化中，有的會變形亂跳不讓你點，有的會隱形或縮小讓你無從取消），我會氣得牙癢癢，決絕關掉網頁，瀟灑離開（不忘奉上一聲嘹亮的幹）。因噎廢食，是對演算法置入性廣告表達不滿的，最狠的報復。

紀錄片《智能社會：進退兩難》剖析社群媒體對人類的荼毒，思想洗腦、價值觀抽空、行為模式制約、人際關係脆弱（智）、平面化、泡沫化。這部片的結論告訴我們，演算法不只是猜測使用者「喜歡」哪些內容，更多的是去「洗腦」你愛上哪些內容。

腦可以洗，由黑洗白或相反。同樣的邏輯下，形象也是可以捏造的黏土，像外科整容一樣，虛擬二元世界的人物設定，說穿了不過是內科整容。或許有朝一日，但眼下除非真的有必要（咦），否則我不會被動接受「洗腦」點下更多「馬卡」商品的廣告。我不「喜歡」我不被「洗腦」。

另一部波蘭電影《仇恨網路》描述一名沒沒無聞，無依無勢，從鄉村前往都市發展、卻因論文抄襲被法學院退學的不得志青年，為了階級流動，寄身上流社會，輾轉進入一間公關公司操盤，致力翻轉社會輿情，弄假成真。

青年跟中年女上司上床，以肉體換取寵幸。他數度被委派祕密任務，在網路上製造網軍，帶風向，散播各種抹黑論調，造謠滋事，更協助保守派選舉陣營擊垮自由派。過程中，他以自己為餌，臥底構陷男同志市長候選人上同志酒吧喝酒狂歡，再偷拍給媒體大肆渲染報導，導致該候選人一夕形象大跌（有沒有覺得似曾相識？）

一次又一次的成功達陣，讓他內在的權力欲望伴隨著黑眼圈日漸膨脹、黑化。甚至為了達成目的，在網路上煽動激進民族主義份子，潛入造勢會場發動「聖戰」，執行恐怖機關槍掃射，釀成慘重傷亡。

人們太習慣站在道德的至高點上恣行批判，堅守自己立場永遠是對的，而相異的意識型態，二話不說殺無赦。道德的天秤經常是厚此薄彼，更多時候是嚴以待人，寬以律己。握有對於別人生殺的大權或許十分痛快，然稍有不慎，會在有意無意間毀人於旦夕，甚至反噬自身。

是以，越貌似政治正確的言論，越要小心提防。就跟漂亮或忠厚的臉蛋未必有著表裡如一的心性，這說法，或許極端地消極了。世間未必有那樣多的佛口蛇心，但也未嘗保證沒有妖魔作祟。

妖魔都存在細思極恐的細節中。恐同或即深櫃。鍵盤左派或即日常威權。悲天憫人或即霸凌者。你的民主不是我的民主。別人的囝仔死不了。黃雀再聰明總有一疏的時候，螳螂捕完蟬也很可能越級打怪，反將你一軍。

不是不報，只是時候未到。

為一張臉去養一身傷

韓國人約莫是全世界最愛美的民族了，整型比例獨步天下。賣座電影《醜女大翻身》及近年的驚悚動畫《整容液》，活脫脫是現代人憧憬美容的警幻寓言。

兩部電影的女主角身形臃腫，是跟談戀愛無緣的「棉花糖女孩」，時不時被身邊的漂亮寶貝嗤之以鼻，大開低俗玩笑。回到家，關上房門，她們除了啜泣，紓壓捷徑是咀嚼更多高熱量垃圾食品。明知不可為而為的自暴自棄，想停又停不住，像實驗室滾輪圈的白老鼠。

每天途經纖細身形、鵝蛋臉、長髮大眼、牛奶肌，五官肢體如維納斯女神般黃金比例的無數女人們，她們總是鬱鬱寡歡。不消提，在街頭上亭亭玉立的一個個服飾櫥窗，眼神一不小心就會被耀目的鎂光燈灼傷。她們必須提心吊膽垂下眼簾，自卑地疾行，像一陣不被祝福的秋風。

突然有一天，翻轉命運的契機來了。通過整型手術脫胎換骨，得以體驗「顏值金字塔」最頂端的人生，收割一把前所未有的「顏值紅利」：路人男女的回眸、明褒、暗讚、沒話找話頻示好。美貌像吸毒會上癮，戒也戒不掉，唯有變本加厲抹煞歷史和記憶裡的自己，重置另一種虛擬的人（物）設（定）活下去。

《醜女大翻身》的女主角最後被媒體揭露真相，演藝事業毀於一旦的同時，也鬆了一口氣，終於可以走在陽光下，向暗戀已久的男人坦誠，好好做自己了。不是自然美女又如何，亡羊補牢送來一份大禮。

反觀《整容液》就不見圓滿的收場了。女主角為了整容，跟父母情緒勒索（都是你們害我醜了這麼多年），替她斥巨資購得一箱箱神奇的「美容液」，只要以臉蛋和身材浸泡三十分鐘，便可捏黏土般重塑肉身形象；有天，她泡著泡著手機沒了電，來不及提醒時效，她悄悄在浴缸裡睡著，醒來後赫然發現，肉身一塊塊剝離，像冰淇淋融化那樣，剩下爛肉枯骨。

「美容液」的功能，除了蝕肉也可補肉。為了救活她，老父老母決定使用美容液，溶化自己身上的肉，拼拼湊湊補貼給女兒。人是活了，但到處坑坑疤疤，毀了容。她萬念俱灰，再度逼迫形容枯槁的父母掏出大錢給她整容。待恢復美貌麗體之後，她開始跟各種男人約會，東挑西揀的，最後跟當年暗戀、卻因自卑不敢告白的男人墜入情網。男人趁著某個朦朧的月色吻了她，拿出戒指許下終身，並把她帶回高級住宅，吃飯，調情。

正當蘿曼蒂克的最高潮，她去上洗手間，發現暗處藏有刀鋸和斑斑血跡，適才驚覺真相——原來男人也是「美容液」愛用者，俊俏臉龐下別有一番模樣；而且他專挑貌美之人獵殺，以「美容液」分屍，再挑選喜愛的器官，貼補在自己的胸腹部，簡直生化人了。但見一幕是男人的裸體，糾結著各種不同女人的眼睛和嘴巴……情節頗離奇科幻，卻不禁教人反思：人類是不是容易被好看的人所吸引？好看的定義又是什麼？

擔任《華盛頓郵報》記者近十年的麥爾坎・葛拉威爾（Malcolm Gladwell）在《決斷2秒間》提到，心理學家曾藉由一種「內隱聯想測驗」（Implicit Association Test）深入探討潛意識在人的信念與行為中扮演何等角色：它可預測人在特定情境下的自然反應，也揭露潛意識先入為主的偏見，比如種族意識或外表喜好等。

葛拉威爾進一步調查發現，人類不如自以為的那樣理性，比如往往對高個子心嚮往之。身高，尤其對男性領導人而言，容易引發一系列正面的潛意識聯想。該說不意外嗎，針對美國幾百大頂尖企業領導人的抽樣調查裡，絕大多數為白種人，而且清一色高個子（平均身高一八三公分）。身高嚮往未必是刻意的歧視，但測驗結果逼我們認清，多數人不自覺在潛意識聯想中，將領導能力和體格優勢劃上等號。

一廂情願的正面聯想也會陰溝裡翻船。一九二〇年美國總統大選，人民選出了沃倫・哈定（Warren Harding），競選時，他的選戰策略是「不樹敵」，所以當共和黨全國大會出現僵局時，在各方代表的折衷下他脫穎而出，成為黨候選人。觀其相貌，兩道濃濃劍眉格外英挺，目光神氣，鼻樑挺拔，嘴唇薄抿著，整體看來給人堅毅有魄力的感覺。實際上他表裡不一，私下不少陋習，勝選後醜聞迭起，成了美國史上最差勁（還在任內急症猝逝）的總統。

沒有讀心術，誰也看不穿任何一張臉下的心思。才能平庸卻靠長相在公領域平步青雲者，自古俯拾即是。至今仍不時聽聞，對男人要求「一高遮三醜」，對女人是「一白遮三醜」的審美觀。身高優勢，何止企業領導人，更殘酷的說法是：「男人沒有一七五公分叫殘障」，雖嚴重涉及歧視矮子（如我輩中人），但確乎突顯了人類對出眾外貌的期待，某程度來說，是一種鏡像的自我投射。

「顏值」一詞盛行以前，常聽人說「外貌協會」。然而歷來皆曰「人不可貌相」，主要怕虛有其表，配不上內涵。若遇上才貌雙全的百年逸品，誰敢保證自己不會「以貌取人」？

《漢書・外戚傳》記載，漢武帝劉徹的寵妃李夫人說過：「夫以色事人者，色衰而愛弛，愛弛則恩絕。」李白〈妾薄命〉也寫道：「昔日芙蓉花，今成斷根草。以色事他人，能得幾時好？」水能載舟，亦能覆舟，臉能動情，亦能絕情。佛家有云，美人枯骨。區區皮相，如夢幻泡影如露亦如電，切莫留戀。

言雖如此，耽於絕色美貌的人並不膚淺。天長地久有時盡，遑論愛情，此恨綿綿的本質註定不持久。既然如此，寧願（為自己或為他人的）漂漂亮亮劃下傷痛的句點，也不想庸俗以醜終。

這般心理學補償底下的最大受災戶，大概是號稱「七〇年代女神」的林青霞或王祖賢吧。新聞媒體最忌諱人老，動不動看見它們幸災樂禍，一下子某某男神女神絕美凍齡，一下子某某天王天后初老崩壞。然而管你天后天王、男神女神，終究是被造神化的凡胎。

臉蛋上的皺紋是樹木的年輪，膠原蛋白是樹木的花葉，年深日久，會失去彈性，會下墜，會鬆弛。也因此，凍齡抗老、童顏永駐，始終是人類趨之若鶩、可望而不可及的奢想。世人皆外貌協會，無不欣賞高顏值，否則韓流明星如何在近年席捲成潮，浪灑全世界。

韓國甚至發明一新名詞叫「臉蛋天才」，意指長相脫俗，彷彿天才優異不已，是比「好看」更高等級的形容詞。此外，漂亮的女性又有「自然美女」和「人工美女」的區別，說此話的當下，已寄託了瑕不掩瑜的隱喻——美則美矣，出色伎倆儘管鬼斧神工，終究是人工整塑，比不上清水出芙蓉，天然去雕飾。若天然不成，退而求其次也無不可。

讀中學時，曾聽聞班上男生取笑某個女生是「背影殺手」（簡稱背殺），暗指長髮披肩（搞不好還有暗香浮動），從後方（尾隨）望去（癡漢嗎），儼然閃閃亮眼的清秀佳人之姿。天昏地暗，血脈悸動，忍不住迎上前去搭訕。怎料，對方一回眸，剎那間寶變為石，恨不得通天遁地。

太過份了！「背殺」不應該僅稱女子，形容男子也必須。奇怪的是，罕見人說「自然帥哥」或「人工帥哥」，大概世人對男子外貌的標準較低吧（憑什麼），反倒是有「人帥真好」、「人醜性騷擾」的反差調侃。

古典文學裡，描摹女性姿色超拔脫俗的成語一籮筐，閉月羞花、沉魚落雁、傾國傾城，族繁難備載。男性或有玉樹臨風、風流倜儻等詞，似乎不侷限於具體的五官描述。對男子外貌標準要求最高者，莫過於魏晉南北朝。

《世說新語》有一絕妙專章叫〈容止〉，可謂專門描寫上下三百多年間的「型男浮世繪」。比如描寫何晏，「美姿儀，面至白」，魏明帝強烈狐疑此人偷偷抹粉（用現代女子的說法叫遮瑕膏），於是不懷好意，挑了個炎炎夏日，款待何晏來碗熱湯餅，欲窺探此人揮汗之後的素顏是否依然皎白如玉。

天曉得，何晏吃完後，大汗一出，隨手以身上穿的紅衣服自拭臉頰，臉色竟令人嘆息絕倒，發出一陣皎白透亮，直逼當今韓系歐巴牛奶蛋殼肌（到底想逼死誰）。

描寫嵇康，則誇他「風姿特秀」，身長七尺八寸（約一八〇公分左右），見者無不嘆曰：「蕭蕭肅肅，爽朗清舉。」《晉書・嵇康傳》也有類似記載：「身長七尺八寸，美詞氣，有風儀，而土木形骸，不自藻飾，人以為龍鳳之姿，天質自然。」皆明指嵇康身材頎長，出落瀟灑，簡言之「我就帥」。

描寫王戎，「眼爛爛如巖下電」，讚美其目光炯炯有神。寫王衍，「容貌整麗，妙於談玄，下捉白玉柄麈尾，與手都無分別。」此人口才甚好，膚色如白玉，光潔眩人。同樣的，寫裴楷，也用了「玉人」形容他光彩映人，「有俊容儀，脫冠冕，麤服亂頭皆好。」衣衫不整、髮型凌亂也出落有型得路人不要不要的。簡言之照樣帥，而且帥慘了。

西晉當時有兩大頂尖帥哥，其一叫潘岳，「有姿容，好神情。少時挾彈出洛陽道，婦人遇者，莫不連手共縈之。」《晉書・潘岳傳》的說法更傳神：「（潘）岳美姿儀，辭藻絕麗，尤善爲哀誄之文。少時挾彈出洛陽道，婦人遇之者，皆連手縈繞，投之以果，遂滿車而歸。」出門逛個街，便眾星拱月，被瘋狂粉絲圍堵討簽名、合影，還丟了一堆免費水果請他吃到飽，吃不完打包。

帥哥其二叫衛玠，「久聞其名，觀者如堵牆。玠先有羸疾，體不堪勞，遂成病而死。時人謂『看殺衛玠』。」看殺，就是被看死的，用現在的說法叫眼神死，但死的不是自己，是對方。《晉書・衛玠傳》形容衛玠「風神秀異」，有童顏不老貌，出門，見者莫不以為「玉人」。

衛玠有個舅舅，叫王濟，是驃騎將軍，已稱得上「俊爽有風姿」的一枚中年型男，每見到衛玠，仍不住哀嘆「珠玉在側，覺我形穢。」（好啊，很好嘛，反正帥哥都投胎給你們魏晉南北朝就好了，其他朝代的男人早點洗洗睡投胎去！）

除了帥哥型男，《世說新語》記載的醜男，下筆之狠。「左太沖絕醜，亦復效岳遊遨，於是群嫗齊共亂唾之，委頓而返。」我好奇「絕醜」究竟有多醜，認真上網孤狗了一下，呃……活該自己手賤。言歸正傳，一篇〈三都賦〉造成「洛陽紙貴」的左思，自我感覺良好，想效法潘岳，贏得出遊被粉絲圍堵的虛榮，不料慘遭一群師奶狂吐口水，只好傷心回家洗洗睡（重新投胎是否快些）。

據說，奧地利作曲家海頓在作曲的過程，總是喜歡正襟著裝，有模有樣戴上假髮，頭髮還費心敷上亮粉，否則他無法好好作曲。這是從村上春樹那邊聽來的八卦。儼然精神催眠的儀式，太有趣，我上網一查，果然，海頓本人的體格不夠高，又得過天花，在臉上留下不少疤痕，所以顏值並不高。但，仍靠出世的才華受到不少女粉絲崇拜（可惜左思沒這好命）。

當時的肖像家替海頓作畫時，經常刻意避用太過寫實的筆法描繪其醜陋的外貌，結果反倒畫蛇添足，跟本人不搭軋。

至於現代文學裡的醜男，最教人揮不去的恐怖角色，莫過於村上春樹《1Q84》裡的怪咖牛河。跟天吾初見面時，牛河身穿一襲像冰河破裂般的皺灰色西裝，白襯衫領角外翻，領帶結眼歪扭著。他的個子矮小，喉嚨周圍長出贅肉，齒列凌亂，脊椎角度奇怪彎曲，頭大，頂上扁禿歪斜，頭髮捲曲令人忍不住想起猥褻的陰毛。臉形左右極度不對稱，整體第一印象予人「聯想到從地下的黑洞冒出來令人噁心的什麼。黏黏滑滑不明底細的東西。」噁心如在目前。不知道牛河跟左思相比，誰略醜一籌？

太宰治在〈正義與微笑〉也寫過一男孩，名曰俊雄，謂之見過最醜、醜到不堪入目的醜男：「難看到我都不知道該怎麼說。那不是鼻子難看，或嘴巴難看的問題，而是整個五官的比例長得很詭異，而且完全沒有喜感可言。」這……是人身攻擊了吧？說著說著，故事主人翁又故作好心，擔憂起醜男俊雄的黯淡未來。「想到俊雄那麼年輕，而且在慶應文科那麼顯赫的地方就讀，那張臉一定讓他吃了不少苦吧。看到那張臉，我連自己的人生都討厭起來了。真的慘不忍睹。今後漫長的人生，他會因為這張先天的醜臉，一直被人指指點點，遭人背後說壞話，並且敬而遠之吧。」

主人翁怕見俊雄的醜貌，與其說是生理上的不齒，不如說是心理上擔憂自己有朝一日步上後塵。眾所周知，太宰治本人自戀又自卑，早年英姿勃發，確實有本錢「色壓群雄」，愈近中年，好女色、酗酒猛又欠保養，已然一副髮稀齒鬆、未老先衰貌。

像《白雪公主》裡攬鏡難自棄的女巫，太宰治假借故事主人翁百般自我挑剔：「如果我是絕世美男子，反而會對別人的容貌沒興趣吧。面對長相醜陋的人，應該更寬大才對。可是像我這樣，非常不喜歡自己長相的人，在意別人的容貌又有何用，只會讓我憂鬱，耿耿於懷。……我的臉，完全沒有精神性的氣質。簡直像一顆番茄。」

小說結尾，主人翁苦心考入心儀的劇團當上演員，演員靠臉吃飯，再怠慢成性，無異死路一條，「我實在看這張臉很不爽。簡直像乾癟癟的瘦皮猴。今後，我必須每天早上，用乳霜或絲瓜化妝水，來保養我的臉。」

少年呵護姿容的程度不輸女人。

張愛玲《小團圓》裡，描寫盛九莉初次見到邵之雍，覺得他「眉眼很英秀，國語說得有點像湖南話」，內心很快便淪陷了。幾番歡愛甜膩，最後不敵男方的劈腿分了手，她的傷痕大而殘破，彷彿「靈魂過了鐵」，仍佯裝鎮靜，淡淡離去，不在他面前哭。直到行經馬路上戲台，正在唱京戲，發覺唱鬚生的中州音長得非常像他，她才掉下眼淚。

第一次做愛，她痛到不行，事後才知不是緊張，而是無福消受。出版人顏擇雅曾分析，九莉必須牢牢望著門頭上木雕的鳥來轉移注意力，也就是性的痛苦，而這痛苦可堪比擬幾十年後在紐約的墮胎。但我懷疑，男方的性技巧恐怕不夠好吧，缺乏適度的前戲化解緊張，匍匐其下的人，終歸入不了戲。

做愛時，她都會要求凝望他的臉，想來是拿那張漂亮的臉蛋來鎮痛。可是每次都痛，無有例外。除了一回，臨別前夕在他家睡，她難得不痛了，他興奮得不得了，往她下面一路蛇去，「獸在幽暗的巖洞裡的一線黃泉就飲，洎洎的用舌頭捲起來。」如此看來，她鮮少性奮十足而溼潤，難怪每次都太乾，太痛，他偏又不夠溫柔，自顧自橫衝猛撞，硬著爽，一時半刻還完不了，所以她老是盯住門上的木雕鳥打發時間，轉移疼痛。

有回，他「機械性碰撞上來」，她覺得像在受嚴刑，硬生生被扯成兩半，險些作嘔。他見她痛苦落淚，也不覺得抱歉（恐怕是施虐狂吧）——他性欲旺盛，動輒入房便拉門關窗，連大病初癒仍提槍猛攻——證據是多年後她被婦科醫師發現子宮頸折斷過，「想必總是與之雍有關，因為後來也沒再疼過。」

他四處留情，她無能為力，一度起了殺念，「如果真愛一個人，能砍掉他一個枝幹？」砍掉枝幹，即醃割。在這念想過後，她做了一個夢，夢見自己把手擱在一棵棕櫚樹上，「突出一環一環的淡灰色樹幹非常長」。哎，愛情總也有鞭長莫及的無奈與哀愁。

另有一回，是他逃亡前夜的溫存。就是她被猛撞疼痛到差點作嘔那回。他做完立馬恢復聖人模式，倒頭便睡去，她就著昏暗的燈光下，起了殺念，尋思廚房有斬肉的板刀，但太重了，不如切西瓜的長刀較伏手，只消對準他背脊一劈，什麼小三、小四、小五，今後只管吃自己。玉石俱焚，落得一片白茫茫真乾淨。

後來，吃盡了邵之雍（原型人物為胡蘭成）的悶虧，槁木死灰之際，盛九莉遇上了另一漂亮的男子燕山（原型人物為桑弧），卻總擔憂自己年老色衰，配不上他。一回，二人剛看完電影，她敏感察覺他面有難色，下意識從包裡取鏡一照，原來臉上不知不覺沁出油。他怕她窘，岔開話題，反倒太刻意，叫她自慚形穢。

對比當年熱戀邵之雍，他喜歡坐在沙發椅上側著臉，帶一絲笑瞧她。他悄聲說：「你臉上有神的光」，她自嘲：「我的皮膚油」，他便又說：「是滿面油光嗎？」玩笑話一語成讖，淪成她下一段戀情裡的惘惘疙瘩，不知多少恨。

盛九莉二十八歲才搽粉。用現代女性（甚至男性）的基礎保養觀點來看，簡直不可思議。只因燕山突如其來問道：「你從來不化妝？」她當著他的指點下，化起妝來，老半天對妝容不適應，像蓋了層棉被透不過氣。但女為悅己者容，她願意。為了在他面前保持皎好面容，她私下拿冰塊擦臉，或拿浴缸裡冰冷的水沖臉，威脅皮膚毛孔們綳緊一點。

被心愛男人瞥見自己「滿面油光」的焦慮，早在張愛玲未嘗戀果寫就的〈傾城之戀〉便已出現，孰料日後，成為現實場景的潛台詞。范柳原出場時，原是被白家介紹給白寶絡，她拉了姊姊白流蘇陪同前往。殊不知，入了電影院，發現他是刻意耽擱，一場電影兩三個時辰，可輕易看穿女人的真面目，「臉上出了油，胭脂花粉褪了色，他可以看得親切些。」《小團圓》末了，張愛玲假借盛九莉的視角寫道：「她一向懷疑漂亮的男人。……漂亮的男人經不起慣，往往有許多彎彎扭扭拐拐角角心理不正常的地方。再演了戲，更是天下的女人都成了想吃唐僧肉的妖怪。」話語脈絡說的正是九莉的第二任戀人燕山（即現實中的桑弧），高個子，方臉白淨，細細兩撇小鬍子。

類似論調，在〈紅玫瑰與白玫瑰〉也有提及。調情時，振保問嬌蕊不喜歡美男子嗎？嬌蕊回答：「男子美不得。男人比女人還要禁不起慣。」〈色，戒〉裡的易先生，身形短小，穿灰色西裝，「生得蒼白清秀，前面頭髮微禿，褪出一隻奇長的花尖；鼻子長長的，有點『鼠相』，據說也是主貴的。」〈傾城之戀〉裡對范柳原沒有具體面目的特寫，只說他「雖然夠不上稱做美男子，粗枝大葉的，也有他的一種風度。」背著人時穩重，當眾卻又喜歡放肆。但白流蘇並非屈從於范柳原的風貌容止，而是摻雜著家庭的壓力。

〈紅玫瑰與白玫瑰〉裡的佟振保，「個子不高，但是身手矯捷。晦暗的醬黃臉，戴著黑邊眼鏡，眉眼五官的詳情也看不出所以然來。但那模樣是屹然；說話，如果不是笑話的時候，也是斷然。爽快到極點，彷彿他這人完全可以一目了然的，即使沒有看準他的眼睛是誠懇的，就連他的眼鏡也可以作為信物。」（儘管後來證明是道貌岸然）。

〈多少恨〉裡的夏宗豫，張愛玲也用「漂亮」形容，「年青的時候不知是不是有點橫眉豎目像舞台上的文天祥，經過社會的折磨，蒙上了一重風塵之色，反倒看上去順眼得多。」然而到了《怨女》，寫著：「漂亮有什麼用處，像是身邊帶著珠寶逃命，更加危險，又是沒有市價的東西，沒法子變錢。」

張愛玲曾在散文〈童言無忌〉自剖愛錢，因從小沒吃過錢的苦，不知其壞只知其好。然而，自幼父母離異，父親在前妻生的兒女身上不捨得花大錢，她處處得留意大人臉上陰晴。後來投奔母親住所，母親自顧自揮霍將暮未暮的青春和所剩無幾的金錢，三番兩次出言數落她，情緒勒索她，她又彷彿寄人籬下了。「那些瑣屑的難堪，一點點的毀了我的愛。」說到底是錢浮於愛。

相較命在旦夕的戰火，金錢，更是掐人心。直到某年某日，一個漂亮的男人對她說了句：「在經濟上我保護你好嗎？」心不設防，從半裸到全開，都垮了。

盛九莉如同〈色，戒〉裡的王佳芝，為了六克拉粉鑽，傻傻被占了便宜還賣乖。無毒不丈夫，她臨終一定恨著他，但「不是這樣的男子漢，她也不會愛他。」為虎作倀。死了做鬼也不放過自己。所謂色戒，是財與色的戒，先為財死，後為情戒。

又如同〈傾城之戀〉裡的白流蘇，跟范柳原在一起目的明確，「究竟是經濟上的安全。」畢竟，博愛（四海留情）如他，提供了經濟上的安全感，卻給不起愛情裡的安全感。逢場作戲也罷，久假而不歸，那叫精神強姦。

《小團圓》的開頭和結尾相呼應，寫盡癡心女子的等待和相思：「雨聲潺潺，像住在溪邊。寧願天天下雨，以為你是因為下雨不來。」等的是燕山。一日一日不來，她若有所失，連藉口都替他找好。這哪是孤高不可一世的張愛玲呢？在愛裡，她竟可這般俯之彌低、尊嚴蕩失，鐵錚錚的窘態。

有一回，九莉莫名所以感到憂鬱，幽幽哭了出來，她對燕山說：「沒有人會像我這樣喜歡你的。」他回答，我知道。她發糗，想趕緊給自己找台階下，一面流淚補充說：「我不過是因為你的臉。」彷彿就像林俊傑在〈修煉愛情〉裡唱的：「為一張臉去養一身傷」。

精刮世故的盛九莉狼狽至此，不免一時盲目。前前後後，只為了兩張漂亮男人的臉蛋，養大了一身傷。比起在紐約墮胎在抽水馬桶裡的小小死嬰更可怕。

據說，張愛玲晚年一直想寫一中篇小說叫〈美男子〉，始終沒寫成。七十歲的落魄作家，獨居在美國，多病多痛，皮膚尤其不好，尚需每日煩心各種跳蚤、蟑螂、螞蟻的侵擾，導致沒完沒了的遷居和無止境的殺蟲驅蟲，精力全耗盡了。

我頗好奇「臨水照花人」的張愛玲，若真有餘暇寫出了〈美男子〉，不知將是如何樣貌。

欠人宰有幾種可能

人道主義

要知道一個人是不是真的如自己所說的那麼人道主義，千萬別看他們的社群媒體形象，要看他們握有權力後，如何對待身邊的落水狗。誰都不是觀世音，博愛從來不是美德。自愛才是。

命名

俗話說，命中缺啥就叫啥。智慧永遠弄巧成拙。家豪最懦弱。英俊會結巴。大雄每天六點半軟趴趴。自強最懶散（習慣性遲到）。文鉅堪稱文壇鉅擘（的相反）（缺乏才華整天寫些爛東西是乏人問津的爛咖）（呵呵）（不好笑）。

政治人物

明日黃花鬼見愁。

玩笑

自我調侃是藝術。拿他人之苦楚或弱點當賣點，著實刻薄。嘴賤最高境界，得賤在自己臉上，不該人為魚肉、我為刀俎。倚天劍（賤）傷人三分，來日必自剖七分。

太后

每一齣宮鬥劇的所謂太后，乃前朝天子政權下的大逃殺倖存者，待本朝天子登基後，被奉養於深宮，白日茹素修心、抄經禮佛，平日不過問嬪妃勾心鬥殺，一旦被惹毛，便會下旨人頭落地，一個都不能少。有道是：「人前阿彌陀佛菩薩心，人後趕盡殺絕阿修羅。」現代職場如後宮，自以為是的皇太后，多著呢（嗯哼，哀家乏了，都退下吧）。

美聲派

按資歷，先不論實力（實力各有擅長），王菲是天資聰穎一晌貪歡、荒廢武藝、仍氣死人功力上乘的大師姐。林憶蓮是難分軒輊、長年修鍊蟄伏上位的二師姐。許茹芸則是在日月爭輝下後出轉精、斗轉乾坤的小師妹，別人把氣音當點綴，她卻一副捨我其誰、老娘偏把氣音當成唱腔的任性，也因此造就了在泛泛女歌手之間，殺出一片重圍的高辨識度。每次寫作寫不出名堂，總覺得「寫這麼辛苦有什麼用，又沒人看」，友人便拿這三位女歌手來勉勵：「王菲不是每個人都能當。當不成王菲沒關係，後天功力比不上林憶蓮精湛也無所謂，那就乖乖當個許茹芸。」許茹芸也不簡單，不是唱得最好、最炫耀，但唱得頗動聽。雖不像同期的張惠妹被拱上超級天后地位，至少樹立了不可抹滅的存在感，多年來仍有不少後起之秀翻唱她的歌。「寫作當如許茹芸，不爭頂尖第一，仍留下經典代表作，好好做自己。」

初老的石蕊試紙

跟小一輪以上的後輩約唱歌，簡直自取其辱。一個個僅聞其名不知其緋聞的青春偶像多麼灼眼，一首首怪腔怪調的熱門金曲你開不了口。輪到你點歌，九〇年代黃金抒情曲多麼閃耀輝煌、多麼欠人唱到傷心欲絕不怕倒了嗓，但才一首，全場靜默無語，沒有人聽過。哎，夕陽無限好。人可以不要臉，也可以靠保養品常駐童顏（管你巨乳或巨根），但千萬不得不認老。

記者之死

受訪者跟你說，這太隱私不好寫，那太獵奇不要寫。看稿的人跟你說，這超精采一定要寫，那超有點閱不寫不可。報導價值的魔戒啊，戴緊一點呢，還是乾脆不戴好（又不是戴套）。

社群媒體

推波助瀾借力使力，遲早也不免為餘震所斲傷。

肌肉男

肌肉男自戀，臉書上經常圖文不符。今天太陽好大（露胸肌）。週末了好開心（拱二頭肌）。游了五千公尺，肚子還是好大（全身鏡頭，露八塊腹肌加碩大胸肌）。好久沒有人約我行情越來越差（近焦拍臉，景深露出藏不住的發達肌肉）。我紅十字會救生教練（穿三角紅泳褲、古銅肌膚刻意小露腹毛）。

健身

練肌肉的人最會倚老（肉）賣（老），猛對健身新手訓話如唐僧：肌肉哪有你以為的這麼好練。你就是沒立定目標才下不了決心。我都自己亂練幫不了你什麼忙。連吃都不能控制你還妄想練大肌肉。你的左胸肌和右胸肌練得不平均一定是姿勢不標準。你摸摸看我胸肌，夠硬吧，很硬吧

（悄悄露出得意又變態的笑）。

現實一種

肌肉不管練再碩大，再健美，若長相太抱歉，雞雞太小，存款太少，對某些男人或女人而言，依然無三小路用。

冤家

不哭不哭，眼淚是入珠（一次多顆不加價）。

理想愛情

笑你哭。疼你笑。聽你罵髒話。看你濕。等你硬。摸你七上八下。說你左耳進右耳出。捏你小X頭。

新聞倫理

加油添醋金腰帶，如實陳述無屍骸。

幽默（：尖酸）

說話挑釁，以他人的痛苦為娛樂。學小S說話，學她醋溜溜嗆死人，面不改色東挖苦西調侃。學她風流靈巧罵人不帶髒字，不給面子不給餘地。刻薄是王道，無聊最該死。誰不渴望流量灌頂，在鎂光燈下戳吸純陽，自顧返老還童。只要你用脣槍開砲，抖M聞風而至，躺著也甘願中槍。

道德倫理

全世界除了你最漂亮／英俊，其他人都去死。

包廂

「大家不要跟我搶，這一首是我的招牌曲！」「呃，我今天狀況不太好有點燒聲。一起唱啊，一起唱！你們怎麼不唱！」「算了我有點累了，不想唱了（手動卡歌）。」

點歌

KTV包廂是每個人的心房。歌是診斷書。歌是潛台詞。有意無意、款款深情唱給你聽。若隱若現、明褒暗貶唱給你聽。「苦海女神龍」是雞仔腸鳥仔肚。「想見你想見你」是夭鬼假細膩。「王老先生有塊地」是奧梨子假蘋果。「癡癡為你等」是無毛雞假大格。「可惜不是你」是吃緊弄破碗。「愛情轉移」是龜笑鱉無尾。「浪子回頭」是六月割菜假有心。

見風轉舵

What the F……Funny Friend（看三小好朋友）。從韓劇學來的。

輯二——人間失禁

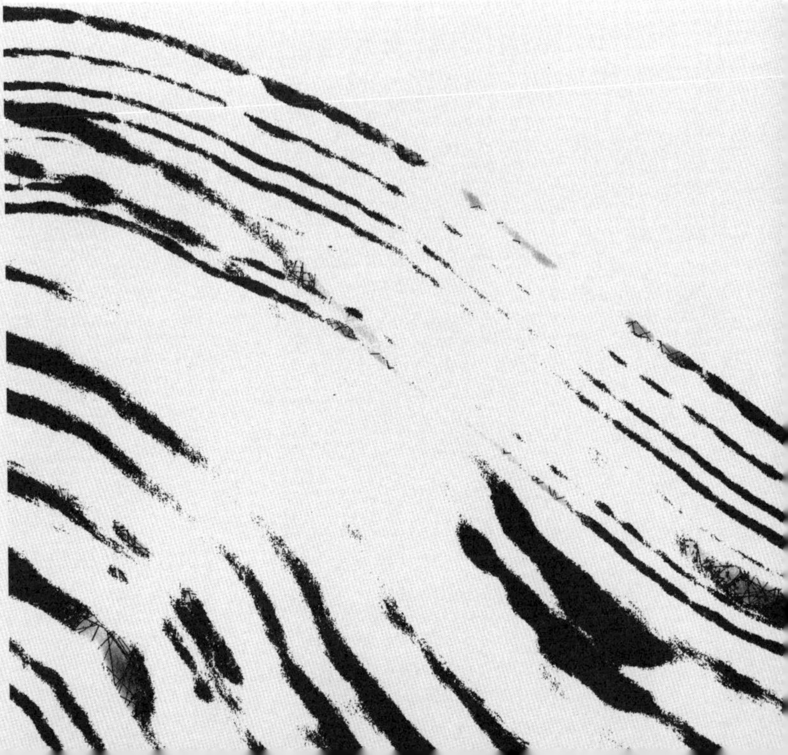

已讀不回

昭和十年（一九三五年）三月中旬，太宰治獨自一人前往鎌倉山八幡宮自縊。太宰治似乎對鎌倉情有獨鍾。五年前，他曾偕十七歲的銀座酒吧女侍一同前往鎌倉小動崎海岸吞安眠藥投海，結果他諳水性沒死成，女侍卻送了命。後來的上吊仍舊未果，脖頸上徒留潰爛紅腫的勒痕。大難不死後，罹患急性盲腸炎，因送醫遲延導致惡化，眼看垂死之際，又奇蹟復甦過來。

而後便是無止境的療養，與麻藥的倚賴及戒斷，間或伴隨在劫難逃的失眠症。他接二連三懇求醫師施藥，情同分手後牢牢渴念對方的回眸與垂憐，自慚形穢連主體性也棄之如敝屣。精神近乎坍潰，陷入半癲狂狀態的太宰治，處在最卑微、最不堪的節骨眼，幽幽說道，「我沒有忍受寂寞的能力」。親友曠絕，經濟拮据，欲死還生卻生不如死，「我變成了日本第一大醜陋青年」。都已經節節敗退至此，還能意識到自己醜，並不代表真正接受了醜態。太宰想必仍耽戀著當年青春絕美的自我吧。

願意對世人自剖擱淺處境的狼狽，究竟需要怎樣的勇氣？袒露羞恥是否可能淪成罪辱？一旦生活軌道異於常人目光，是不是就只剩下亡羊補牢的罰則？不能作夢，連白日夢都魔苦萬分。沒有人會永遠年輕的，永遠年輕是演員的義務。

三十二歲的太宰治，在日本人倫的顯微鏡頭下，是個中年而不立的早衰者。頂著東京帝大高材生的頭銜，成天不務正業，沉醉酒鄉尋死覓活，鑽探在一個又一個女子的深穴之中無可自拔……甚至連寄宿伊豆溫泉旅店的女侍都瞧不起他哩。

「到底為什麼會變成這樣呢？我覺得自己得活下去才行。」太宰治回顧自己流連東京的歷程，寫下私小說〈東京八景〉，不是旅遊導覽，也不是述聞誌異。不對，說誌異無可厚非，那簡直像是他自殺場域的「人間怪談地獄變」。

劍及履及自戕之前，他不是不曾發憤自強。然而自戕的潮騷犯濫，終究淹過枯涸的神經，一發不可收拾。到底，為什麼會變成這樣呢？

何で。

中島哲也透過電影《令人討厭的松子的一生》（嫌われ松子の一生），向太宰治致意的蛛絲揮手即是。松子崎嶇的命運，壓根翻拍自太宰治：不被世人理解，不被真心疼愛，胸懷奇情而只能壓抑再壓抑。心直口快難自棄，東之高閣的無賴傲氣，乏人問津的孤芳自賞。總是弄巧成拙，總是功虧一簣。反覆又反覆的傷害見招拆招，被世人唾棄之後，脫口而出的僅僅是一句「何で」——到底，為什麼會變成這樣呢？

明明想要努力活下去的啊，明明是想要好好愛一個人的呀，為何永遠跋涉不到幸福的彼岸？為何最後居然脆弱到連碰觸棉花也能受傷？人際關係恆常恍恍惚惚，如綳透的蟬翼觸手可破。太宰治他真的只是，不甘寂寞，而已嗎？

任性賭氣似的，太宰治在瀕臨跨越不惑的前半年，就走了。自死了好幾次，總算如願以償。生於六月，也亡於六月。初夏時節，東京三鷹，玉川上水。連最後的自死，都挑釁了如此淒美詩意的景點。

年過三十的太宰治，在世人眼中哪怕是脫序的無法者、失格者。然而在保守的妹妹和妹婿面前，仍勉強覆着世故的假面，哪怕淺淺的，臨別關頭行禮如儀，低喃冠冕堂皇的叮嚀。起初難以想像倔強如太宰，究竟懷抱著什麼樣的矛盾。後來獲悉他是雙子座，好像就不意外了。

他其實是個有愛無情、有禮無體之人。愛一旦落入世俗，往往不得不以絕情和酷冷作結。倘若胸口無愛，不會動不動便風火雷電相偕殉情，不會動不動就揀盡寒枝不可棲，寂寞沙洲冷。

正是因為愛，才想保鮮在安好如初的階段。貧賤夫妻百事哀，柴米油鹽何嘗不是種盲目的哀。所有的愛情墮入現實終將慘不忍睹——承諾被責任架空，激情被義務取代，於是，預先的酷冷成為明哲保身的盾牌。物極必反。

正如三島由紀夫的火燒金閣，更像龐貝的一切繁華落盡付之火山岩漿。般若波羅蜜多時，肇因色空相劫，本來無情物，何處惹人愛。太多太多的愛必須開釋、企盼超脫。

年過三十的太宰治，歷盡滄桑，債台高築，寫不出稿子，渾身窮酸，缺牙，苟活。如果時光穿梭到現代，他恰好也勉強使用了智慧型手機，恰好也安裝了LINE，與人互動傳訊的過程，是否會變成一個已讀不回之人？

父親剛學會使用LINE的那陣子，老是低頭面對手機發愣。觀察幾回我按捺不住追問，他說：為什麼留言旁邊顯示「已讀」，對方卻不回應。「因為對方不care」。父親百思不解皺眉：會不會是在忙？「忙是屁話，有聲無影。有心想回就會回。你要習慣啦，這是現代人際的現實一種，認真就輸了。」他說，那用LINE幹嘛？「我的LINE好友名單不超過十人，真若有事自然會打電話。」不久他嚷著要開臉書帳號，我說算了吧，臉書互動更麻煩，傷害促迫且撩亂。我多麼希望他能停留在原始的人際維繫狀態，無憂無傷就好。

除非你是對方眼中的天菜（絕對有求必回），否則千萬別奢求魚雁往復、禮尚往來。《詩經》記載投桃報李（或投木瓜報瓊琚）式的純情，早已蕩然不存了。

到底，為什麼會變成這樣呢？何で。

「臉書點讚學」和「LINE已讀不回學」，早已發展成一門學問。一日之計在於讚，不少人心情高潮與否，取決於按讚通知的紅色數字。通常，美食文（已哭。深夜食堂是想逼死誰XD）或自拍文（有圖有真相，人帥真好），最能擄獲青睞（淡淡）。再不然就是搶救文青作戰大計劃（眼神死），當黎明畫破黑暗，喜歡你暖暖的文字，洋溢著滿滿的幸福（蛋蛋的哀愁）（人帥真好＋1）。

我的臉書貼文通常不會保留二十四小時以上。貼出來，該互動的互動完就刪了，情同寫在流水上的虛字，春夢了無痕。吾友戲稱，這豈不像愛一個人時，巴不得在天雷勾動地火之際就相偕赴死的太宰治嗎。

日文漢字「心中」（しんじゅう）是指一起自殺之意，「無理心中」（むりしんじゅう）則指玉石俱焚、同歸於盡的情死。若連死都必須呼朋引伴也未免太過悲涼了。〈東京八景〉有個副標題：「贈給苦難之人」，不就是太宰治在茫茫情海中，尋求同是天涯淪落（苦難）人的討拍文。

如果太宰治上吊或跳海之前，在臉書打卡（地點顯示為鎌倉山）。貼圖（橫吊在乾枯樹幹上的破爛繩子，景深是遠方隱約的湘南海岸）。貼文（生而為人，我很抱歉）。不知會否引爆滿堂采的點讚和轉貼？

這或許是我一廂情願的附會。相較於三島的心高氣傲和譁眾取寵，氣弱游絲的太宰治若生在當代，勢必是拒用臉書和LINE的那種人吧。即便勉強使用了，想來也我行我素、神祕兮兮。

太宰治曾令人感到恐怖的，將旅途上所寫的文章命名為「遺書」。有些文章一寫完隨即拿去庭院焚毀。似乎唯有不將那些字孩視如己出，最終才有辦法回歸自身母體，儼然悖論。畢竟一旦認真就輸了啊。害怕已讀不回，憂懼變質降溫……「我沒有忍受寂寞的能力」。

問題是，誰有呢？

與其說太宰治有可能是個徹底實踐已讀不回之人，不如說他比較害怕別人已讀不回吧。說穿了，太宰治比誰都熱愛這個虛偽無恥的人間。他人即地獄。他人亦喜劇。如此更突顯氣弱者的同病相憐，足以一見如故傾鬼城，黃泉路上你和我。那不斷後繼有人且心甘情願的陪死者，就像是隱身在浮生色塊的潛規則，識途老馬方能看穿箇中凹凸。

不過幸好太宰治沒能趕上這個飢不擇食的網路發達資訊時代（相較於肌肉壘然的三島在臉書的貼文和自拍肯定萬人秒讚拍案稱爽）。比起一堆藉口假惺惺的已讀不回，太宰治的「已死不回」可乾脆多了。

偶像包袱

瀏覽太宰治某些作品，會發現他動不動喜歡自我調侃。曰調侃，倒不失些許誠懇。自戳大腿般的戲謔背後，隱藏著孤芳自賞的任性與孩子氣。世間鮮少有不接近神魔自持的大藝術家。他們蕩然在自己的宇宙，恆常是自轉、自醉而自戀。那是他們創造力的根莖葉，無須光合作用，便可繁花燦爛九重天。

隨便舉一例。在小說〈八十八夜〉裡，身為作家的主人翁笠井缺乏靈感，在家蹲不住，滿腦子想著外出旅行透透氣。他突然想起，一名還算熟稔的老相好在下諏訪的溫泉旅館當女侍，便起意動身，也沒特意打扮。下榻時，老闆娘面色如鐵請他相熟的舊女侍帶路。走在和室地板上，他老兄內心戲上演了，「錯不了，那是這間旅館最差的房間。笠井相當沮喪，心想八成是自己穿著寒酸，木屐又髒，對，一定是服裝的關係。」原以為會因服裝寒酸被帶去地下樓層的下等房，不料隨著女侍的腳步直登二樓，眼前豁然開朗，是附有景觀露台的上等房。

故事還沒完呢。住進旅館接下來，泡了溫泉，吃了美食，無意間邂逅了另一名女侍（果然風流，真不要臉）。這位新女侍對大作家有所景仰，某天藉故來他房間搭訕，聊著聊著，天雷勾動地火，好死不死，舊女侍恰巧在這節骨眼推開了和式門，想問他何時退房？不料遇上新女侍杵在一角，三人當場無語，氣氛降到零下幾度C。主人翁尷尬無地自容，說自己馬上就要走人。

太宰治用盡了各種傳神的形容詞，描繪主人翁崩潰的心境：「無可非議的醜態男」、「油油膩膩，泥淖混濁，難堪至極，啊，我永遠不是少年維特了！」「我徹底被浪漫放逐了」、「懊惱得直想跳腳」、「滿心懊惱、泫然欲泣」、「很想直接裝死」、「很想直接變成石頭」、「徹底成為尿糞寫實主義」、「我好想咬舌自盡」、「永遠無法當紳士了。我連狗都不如。少騙了，跟狗一樣。」

真是夠了，無可救藥的偶像包袱。好色、可恥又可恨的男人，心底永遠有一座行動小劇場，無時無刻上演著老派內心戲。

記得〈東京八景〉裡也有類似的描寫。女侍把主人翁帶去窮酸的房間，令他當場餒然，覺得自己被人看輕了，或許是衣著寒酸之故，還差點不爭氣掉下眼淚。

看到這兒，大概可以發現，自棄厭世的男子，未必衣衫潦倒，哪怕活要門面，死也要體面。關於衣著品味，太宰治專門寫了兩篇稿子〈時髦童子〉和〈漫談服裝〉，跟張愛玲〈更衣記〉有得拚。張愛玲曾說，「衣服是一種言語，隨身帶著的一種袖珍戲劇。」把此話穿套在太宰治這般動輒上演小劇場的男人身上，恰如其分。

高中起，太宰治便是時尚愛好者，一逕追求瀟灑和典雅的穿著風格（恐怕跟他讀法文系、喜愛法國文學有關）。戴華麗的格紋鴨舌帽。純白色法蘭絨襯衫（袖口貝殼鈕扣請家中女傭多縫一顆，有意無意從袖口露出來讓人瞥見，誠如女性穿調整型內衣，擠出事業線增添性感）。日式短褲。長襪。高筒黑皮鞋。披風。寧可凍死絕不穿顯得臃腫的毛線衣物。俗話說，愛漂亮不怕流鼻水，此話不只適用女人，也適合形容裝模作樣的男人，「叫他穿著發白的舊浴衣，腰纏破損的腰帶去會情人，他寧可去死。」

儘管對裝扮吹毛求疵，卻往往弄巧成拙，成不了風流雅士，遂只好自暴自棄，不如簡約為上，到後來矯枉過正，不捨得把錢花在治裝（寧願買酒喝個爛醉）。比如大晴天裡穿上橡膠長筒靴，被朋友笑稱標新立異，「我自認已躲在人生的角落盡量低調了，但別人卻不以為然。」流行時尚太過無常無情，每一場換季都是大風吹，原本渴望吹皺一池春水，眼睜睜卻是，蝴蝶飛不過滄海。

有回太宰治身穿羊羹色、近似柿紅色（而且塵封多年微褪色）的毛料舊和服，偕朋友去阿佐谷的酒吧喝酒。渾身不對勁，說起話來鬱鬱寡歡。酒過三巡，朋友發了酒瘋，他害怕被老闆趕出門，心生一計來個「假打架真勸酒」。不料朋友弄假成真動了怒，害打人的他被老闆轟出去。他氣急敗壞，把所有過錯怪到這身醜衣裳，內心喃喃，假如穿得像樣一點，老闆或多或少會肯定我的人格吧，我就不用平白遭受這等羞辱了。他如此狼狽，又如此憂傷而氣餒著，踏上了歸途。

龜毛自戀的男人，成家多年後，仍在每年換季時分，仰賴故鄉津輕的老母替她寄各種衣服來東京（因為窮）。最常出現在他小說裡的自我形象，是身著華麗的大島碎白花紋的加襯和服，繫上整條絞染的棉料腰帶，頭戴粗格紋鴨舌帽。

還有一件岳父留贈的遺物，是銘仙製的絣單衣。頗怪的是，每每穿上此衣出遊，鐵定會下大雨，還曾遇過大洪水（原來雨男是你）。他還有過一雙絨布草屐，穿起來滑溜溜不吃腳，走起路痛苦萬分。他也考慮過拎一根拐仗閒散漫步，很適合頹廢無賴的作家風。但以太宰治一七〇公分左右的身高，半高不低的，拎枴杖反而重心不準彎著腰，嫌太累贅，壓根襯不出筆挺流線的歐洲紳士風。

太宰治不太穿西裝。看他遺留下來的老照片也鮮少見到此類裝束。因為身高，很難買到現成合身的尺寸，得訂作，然訂作太貴，他苦笑，要他花錢投資西裝不如叫他從斷崖投身怒濤而死。「衣著對人心的影響很是恐怖。」歷盡千辛萬苦，他總算得出了結論。

如果有人問，搭時光機回到太宰治的時代，會送他什麼禮物？呃，我我我……我有點想……送他一支……電動牙刷！因為我挺關心他的刷牙頻率。推測一定有嚴重蛀牙。牙齦萎縮。牙周病。年紀大又不保養，戴假牙也沒用。

我記得他寫過一篇〈容貌〉。文章開頭抱怨自己原本臉就不小，近日臉赫然又大了一圈。他無奈怨懟世間的美男子，通常臉蛋小巧端正，於是對於臉大的自己深感無奈，流露自憐口吻。

在小說〈正義與微笑〉裡，主人翁是一名缺乏自信的高中生，某次與哥哥相偕出遊，夜間同寢時，他突然欣賞起哥哥的臉龐，膚色淺黑、帶有陰影而且長得像普希金，鼻子也有骨感。反觀自己的臉，又白又平坦，面頰紅潤，缺少沉鬱氣質，鼻子渾圓隆起，難看死了。原本自慚形穢的他，轉眼卻因哥哥一句「你是個美男子」而獲得了救贖。

結果他得了便宜還賣乖，說道：「如果我是絕世美男子，反而會對別人的容貌沒興趣吧。面對長相醜陋的人，應該更寬大才對。可是像我這樣，非常不喜歡自己長相的人，在意別人的容貌又有何用，只會讓我憂鬱，耿耿於懷。……我的臉，完全沒有精神性的氣質。簡直像一顆蕃茄。」

到了小說結尾，主人翁終於考入心儀的劇團當上演員，對容貌更不容怠慢，「我實在看這張臉很不爽。簡直像乾癟癟的瘦皮猴。今後，我必須每天早上，用乳霜或絲瓜化妝水，來保養我的臉。」哎，實在是，內心戲有點多。

上述〈時髦童子〉發表於一九三九年，〈正義與微笑〉發表於一九四二年，後來太宰治的服裝品味從流行轉而保守，故事主人翁在大學開學典禮前，訂做西裝，「我訂做了保守款，而非流行款。穿流行款的學生走在路上，看起來腦袋都很差，所以我不要。穿著樸質款學生服走在路上，看起來像高材生。」前後品味的落差，不言自明。

太宰治在許多文章中都提及，人近中年後，牙齒殘缺不全，想必是酒喝太多，喝醉倒頭便睡，幾乎懶於刷牙吧。如果有女人靠太近或跟他接吻，是否會馬上聞到口臭（眼神死）。轉念一想，如此還不乏美麗女士倒貼，不惜賠上性命殉情，鐵定是真愛（或鐵粉）了吧。

比「人生試金石」更高境界的，或許是「人生試口臭」。

真感慨。回顧剛出道的太宰，是那樣意氣風發悠然自持，他不無沾沾自喜寫道：「大學也有足以與我匹敵的男子。」「經過金色鏡框鑲嵌的鏡子時倏然一瞥。我是個從容不迫的美男子。鏡子深處，沉落一尺寬二尺長的笑臉。我找回心靈的平靜。充滿自信，猛然揮開細棉布簾。」約莫同時期的〈狂言之神〉也自詡「酷似歌德的俊秀臉龐蒼白如紙」，穿著鼠灰色風衣的修長身影「竟與年輕的波特萊爾肖像唯妙唯肖。」

哎呀。身為一名色藝俱衰的男子漢為何還不好好刷牙呢。可憐吶。愛之深，慨之切，我真不知道該說什麼才好。

太宰主義

——你有事嗎，幹嘛把人家太宰治放在書名，哪來寫不出名堂又不要臉的台灣（小咖）作家，想蹭大文豪熱度增加銷售量是吧。

——哎，閣下傻了嗎，如果想蹭熱度，幹嘛不去蹭比太宰治更有名，比如說諾貝爾文學獎等級的國際大作家，為何非得蹭一個放浪形骸顧人怨的窮酸酒鬼、變態小白臉、厭世自殺狂？閒著沒事幹嗎？

——被你一說好像也沒錯，但動機為何？

——太宰治說過：「不幸的人，對別人的不幸很敏感。」我呢，同是天涯淪落人，從當代台北與戰前東京的宰哥遙遙相望、神交相惜，不行嗎？

如果活在同一時代下，我們搞不好會結交成「去死去死團」的好搭檔！當然，我不全然否認把太宰治放上書名是為了滿足一種虛榮心，與其說虛榮，不如說想致敬。想想也真好笑，芥川龍之介喜歡夏目漱石，太宰治心儀芥川龍之介，然後從日本到台灣又有一窩蜂人著迷太宰治，太宰治地下有知，想必會忍不住虛榮又羞恥地轉過身去（一面掩嘴偷笑暗爽）倒酒大喝吧。

——話說回來，幹嘛向他致敬？沒別的選擇了？剛才不是一副很厭惡似的，嫌他是放浪形骸的窮酸酒鬼、變態小白臉、厭世自殺狂？

——這幾年我真的衰得像太宰治一樣。戀情多舛，學術失格，職場不遇，家破人亡，經濟困窘（死的死，病的病，殘的殘，窮的窮，衰的衰）。同齡的人早已在各自崗位上大顯光芒，我黯淡無光，前途也空茫。冥冥中死拖活拖，到了眼下腹背受敵的年紀，有天驚覺，這不正是太宰治自殺死去的年紀？從前的文學導師象徵，成了預示，如今迫降在我肉體上，被邪靈附身似的尾大不掉。當然我沒這麼不要臉，敢自稱「太宰治再世」，而是指，太宰治畢生無解的衰運噩災，竟與我殊途同歸。我沒有刻意為之，但分歧的命運線頭莫名其妙連結在一起。我如此軟弱虛無，在瀕近不惑的人生坎站跌了又跌，想爬又爬不起來。

——太宰治於你意義是什麼？衰可以放在天秤上比較？

——不管活得再狼狽、再痛不欲生，永遠有個叫太宰治的傢伙比你更軟弱，而且先一步造訪地獄，有他墊底，前途何足憂。重點是，他軟弱而不怯，敢於把人性的醜陋羞恥掀開袒裎。我啊，從小也是軟弱的人。讀小學時，老師永遠先從身高開始分配座位，階級排序似的，越矮的坐越前面（這邏輯我始終搞不清，是因為怕太矮坐後面看不到黑板？哎，如果電影院也有這種制度就好了）。因為個頭矮小，小學六年間都被迫坐在第一排（如果是演唱會搖滾區多感恩），幾無例外。每到開學第一天，分發座位的時刻，我總是戰戰兢兢，握緊拳頭。掌心溽濕，背滲冷汗。大家笑臉洋洋，只有我如喪考妣。尷尬。丟臉。無奈。痛恨。煩悶。怎麼辦又是全班最矮的人，為何我個子總是長不高（男同學無聊開黃腔，調笑身高和生殖器成正比，令人恨不得挖地洞鑽，雖然長大後發現也未必。喂！）久而久之，心理被莫名的自卑占據，害怕跟人面對面說話。為了改善人際，我趁洗澡時偷偷在浴室鏡子前自言自語，慢慢的學會說混話，開黃腔，畫唬爛，刷存在感（若干年後居然還站上講台當了老師）。一般人看到同學摔跤的第一反應是哈哈大笑，鮮少出手相扶慰問。人類嗜血，天生愛看別人出醜，突顯自己高一等。當大家察覺你口若懸河，好玩又幽默（哪怕是小丑），就不再注意你自以為的缺陷了。升上國中，我像初夏的稻苗抽高，但極限也就一六九公分，對外一概宣稱一七〇（不是說男人沒一七五叫殘廢嗎，為了殘而不廢，只好自我安慰），反正差一公分而已嘛（明明差很大）！活該我不愛也不擅運動，經常縮在角落閱讀，興趣是收集郵票和信紙、貼紙（只因為這樣被說過很娘，當時始知，原來興趣也有分陰陽）。

別說跑步了，球類運動無一項嫻熟。當時最火紅的籃球明星是麥可・喬登，同齡男孩多熱愛籃球，下了課興沖沖抱著籃球衝刺操場大亂鬥，課後砸零用錢買籃球卡交換，兼交流感情。而我是異類，只能隔著教室玻璃窗遠望著操場上那些熱血淋漓、驍勇活潑的身影，透明倒影中照見羞澀的自己。少年的內心軟弱無助不可告人，不成器的傢伙痛恨命運（轉身拿Vodka）。慶幸的是，我沒有遭遇恐怖的集體霸凌。但在有限的經驗裡，曾被人性騷擾（吧），或者說是吃豆腐的印象。是一次性的。不知道這是否也能納入廣義的體制霸凌範疇？

——見鬼！男生也會被吃豆腐喔？

——我原先也不這麼以為。小學畢業典禮前夕，因禮堂狹窄，校方安排各畢業班接連好幾天午后，整隊步行到鎮上一幢會議中心演練。預演為求便利迅速，不按班級人頭自由落座。我跟一名男同學吳君被人潮打散，身旁是別班不熟識的男同學。他們一行三人痞子樣，身上有濃重菸味，席間猛開黃腔狂笑，著短褲的大小腿上全是濃密黑毛，喉結呼之欲出，荷爾蒙像活火山快爆發。之前我曾見過這票痞子霸凌某一個人緣不佳的男生，強行把他架到廁所最後一間，脫下他內褲，擼屌，強制取精，然後哈哈調笑說這招叫作「幫慰」。嘴巴被內褲塞住的男孩痛苦地反抗，不情願地發出語焉不詳的呻吟，還不斷被逼問「爽不爽？爽不爽？」「都射了肯定很爽吧」之類的話語。我們其他路過如廁的同學根本不敢吭聲，尿完快快離去，誰想得到，有天悲劇會輪到自己呢。對青少年來說，性霸凌是逼人屈從的捷徑，其中包含扯破面子的羞辱，強迫公開最隱私的裡子，任其攤展在眾目睽睽下裸裎而無遮掩。我害怕有壞事發生，與吳君故作冷靜，不敢交談也不敢斜眼看。他們像原野上的獅子發現食物鏈底層的蹬羚或紫兔，出口調戲，「你們長陰毛了嗎？我長了喔。」說著說著，把手伸入褲襠，拔出一根捲曲堅韌的毛。見我們沒反應，不多久，坐我隔壁那男孩，拍拍我和吳君的肩，說：「你們看。」輕薄的淡藍色體育褲襠底下，硬生生凸起一包帳篷。性教育懵懂無知的我們，不知眼睛該放哪兒。男孩見狀，得意笑了笑，丹田使力，那一包帳篷隱隱抽動著，一顫一顫，像有大鳥在撲撲拍翅。「你們摸摸看。」我才不要。「快摸啦，很好玩喔。」班導師跑哪去了，為何沒有救星出現呢。「幹你娘！我叫你們摸摸看，沒聽見是嗎！」吳君跟我差不多矮小，對暴力卻更敏銳，他率先伸出右手，往那一包帳篷摸去，力道像撫摸小貓額頭那樣怯生生。男孩突然抓住他手往下壓住不放，「哈哈哈哈，大不大？」三個痞子猙獰笑翻，「很硬吧、我很硬吧。」達爾文效應，弱肉強食。多年後我才明白，世上多的是這種（生理上或心理上）自以為堅硬如鐵、見人弱小便止不住想欺凌的生物。這種生物在演化論的極致叫人類。人類在所有生物裡面，是唯一會為了非必要性理由去逞兇、施虐、殺害他人的物種，得以把惡行發揮得淋漓盡致。若想躲過死劫，就得學會偽裝，用障眼法明哲保身。成年後與吳君失聯，偶然回鄉，聽說他某晚在南寮漁港被一群小混混誤認成仇家，亂刀砍死了。長大後才知道，世上除了性騷擾，還有更麻煩的「職權騷擾」。做人真難啊。到最後，究竟弱者太沒用還是體制太殘酷呢？

——你這樣一說，我聯想起《人間失格》裡，主人翁大庭葉藏的自白：「我幾乎無法與旁人交談，不知該說什麼，也不知該怎麼說才好。於是我想到一個方法，扮演小丑搞笑。這是我對人類最後的求愛。儘管我極度畏懼人類，但無論如何就是無法對人類死心。因此我藉著搞笑這條細線，得以勉強和人類維持一絲連結。表面上我總是笑臉迎人，但內心可是拚死拚活，在堪稱千鈞一髮，成功機率只有千分之一的高難度下，汗流浹背地為人們提供服務。」

——太宰治在高中時期拍了幾張照片，目前收藏在青森縣北津輕的斜陽館。鏡頭前，他眼神充滿逗趣和佯裝鎮定的挑釁，姿勢模仿偶像芥川龍之介，把拇指和食指夾在下巴部位，像小屁孩登大人耍酷，如今看來好復古（老派吧）。即便數十年後的現代人也有不少比例（比如我）在拍照時笑得又僵又拙，下意識豎起食指和中指比YA。害羞是吧，面對鏡頭和鏡頭後那隻眼睛宰制而手足無措的生理反應。這樣的太宰治好符合《人間失格》裡大庭葉藏的形象。敏感細膩，早熟洞悉成人世界的虛偽卑劣，日復一日將自己打磨成搞笑怪咖。莫名所以的，在公開場合竟也笑得詭異。

——怪人？怪咖？怪物？怪胎？怪客？怪獸？怪之同義複詞。嗯，反正是怪的集合體。

——怪不得他。所謂「異端」不是一天養大的。別人笑他太瘋癲，他笑別人看不穿。回想起來，我小學成績也算名列前茅，到國中不知怎回事，對數理頓失興趣，潛能發揮不出。相反的，語文史地格外優異。國一時第一次數學段考，只考了七十三分，其後至國三畢業，幾乎沒及格過。國三時，為了衝升學率，學校按照學業總成績分成ＡＢＣ班，還有放牛班，我靠語文史地的好成績僥倖分到Ａ段班，沒想到大難臨頭。我是Ａ段班的恥辱。老師們發考卷習慣自高分往低分排，國文課和英文課，我多半是前幾名走出去領卷。到了數學課或理化課，成了倒數。上數學課我總是胃痛，被帶去醫院做各種診斷亦無效（如今想來該看身心科）。數學老師個子不高（比我還矮），身上永遠穿同一件散發中年人體臭的綠卡其夾克，戴一副蒼蠅眼狀的大眼鏡。勢利眼如他，只疼惜數理優良或同校老師的小孩。我無依也無勢，被三番兩次當眾羞辱：「別以為國文英文好就可以考上好高中，數學那麼爛也能進升學班，丟人現眼！」體罰他多用藤條、廢棄課桌椅卸下的木板，打手心或打屁股，往死裡打，好多人被打到紅腫瘀青淚漣漣，越哭打越兇（我懷疑他是施虐狂）。有次瀕近聯考前夕模擬考，我數學只考三分。對，三分。計算題空白一片，選擇題全用猜，只猜對一題。蒼蠅眼怒火攻心，瘋狂使勁鞭打我，「你是不是瞧不起數學、瞧不起我。」殊不知我對數學壓根沒轍，不是不願意鑽營。當年誰跟你講究適才適性，也不強調愛的教育，以現在標準來看那些鄉下小學教師，全部不適任。在行之有年的環境下，任何體罰被默許，有豁免權（家長都贊成）。每隔幾年，我仍不時從數學交白卷的惡夢中驚醒。後來研究所考上政大，嚇壞一堆同學，我超想走近蒼蠅眼面前做鬼臉，跟他說，數學不好的人也能上政大喔，啾咪（噘嘴鼓腮）。茫茫學生海，你記得也好，最好你忘掉。畢竟我是他教過的A段班裡有史以來唯一模擬考只拿三分的兔崽子。真該死！可惜願望還沒達成，便輾轉聽說他罹癌去世了。

——哦，那就再見不送囉（揮手）。

——相較之下，太宰治好命多了。讀小學聰穎過人，成績數一數二，尤其擅長寫作文，日後一路考上東京帝國大學法文系（上了大學開始擺爛蹺課）。偶爾調皮搗蛋，被父親冷眼訓斥，所以他對父親又愛又恨。年紀漸長，家庭威權陰影籠罩著他，在眾多孩子中得不到父親的青睞，手足間也不夠親暱。多年後成了作家，他寫道：「我沒有忍受寂寞的能力。」會不會是因為這樣，才導致性格憂鬱，不斷往女人堆裡取暖、討拍？

——切！你少替好色鬼緩頰（不屑貌）。

——飲食男女，人之大欲（呃，好老套）。

——荒唐至極。明明他自己也承認玩女人很沒骨氣，光明正大搞婚外情超厚臉皮。

——呃，我無意替他的道德脫罪，但那不是重點。重點是，在媒體做人物採訪多年，發覺人性之複雜、之矛盾，很難透過二手史料窺得人的全貌。但一個人的生命史或精神史，往往會留下線索。人性不是非黑即白那樣絕對，更不是貼上泛道德標籤衡量就好。有人是岳不群，有人是段正淳，也有人是郭靖，愛到卡慘死，是非對錯外人豈說得盡。

——你的太宰不是我的太宰。白馬非馬。馬者，所以命形也；白者，所以命色也。命色者非命形也。

——哎，不要故作正經離題。我讀過一篇訪談，是關於太宰治紀念館「斜陽館」館長談太宰治童年。他說，太宰治年少時不曾給人任何黑暗或頹廢的感覺，整體來說是一個陽光暖男。見鬼了！「陽光」這字眼跟太宰治是楚河漢界，是人鬼殊途，是太陽月亮，風馬牛不相及。難道館長不知道，世界上最自然的演技叫渾然天成嗎？孩童求生本能強，被逼急了個個都可以是戲精。不信？去看看是枝裕和導演的電影《無人知曉的夏日清晨》，童星演技之純熟之老練，嚇死人。男主角柳樂優彌還得了坎城影展史上最年輕影帝。再不然，想想《人間失格》裡的變態告白……咳，歹勢，換我不小心離題了，言歸正傳。太宰治於家中排行第十，上面有五個哥哥（其中兩個早夭）和四個姐姐，底下有一個弟弟（後來敗血症去世）。父親津島源右衛門曾擔任家族出資設立的金木銀行行長，也當選過貴族院議員，在青森縣北津輕郡的金木町是政商關係良好的仕紳，還斥資蓋了一幢豪宅（多豪華？家族佛壇純鍍金，專程從京都訂制；每扇和式拉門各有裝飾，鍍金，繪山水花鳥，富麗堂皇。）源右衛門奔忙事業，平日絕少跟妻兒相處，其妻津島夕子體弱多病，太宰治被產下後，白天交由保姆撫養，晚上跟姨母睡，與父母關係疏遠。偌大宅邸，有兩間飯廳，大飯廳是源右衛門和長子津島文治（太宰治長兄）才能涉足的地盤，包括太宰治在內的其他手足，只能待在小飯廳吃飯。整座豪宅彷若華麗的囚牢，太宰治曾說，自己最來去自如的地方，是傭人房。

——台灣對於太宰治的了解，多半透過翻譯引介，尤其是《人間失格》、《斜陽》這類頹廢憂鬱的作品，因為有賣點。確實，這可說是太宰治的文學核心風格，但除此以外，他也有溫暖和戲謔的作品。死前的遺作《GoodBye》節奏爽颯辛辣，戰爭爆發時期寫的《御伽草紙》、《新釋諸國話》、《津輕》，乃至其他十數篇不那麼哀愁、流露淡淡溫暖的短篇和隨筆，皆是他的「月之背面」。我尤其喜愛《津輕》，寫景怡人，餘情綿綿，敘事穩定（不似早期或晚期那樣神經質或緊張兮兮），談吐輕鬆，結尾留有曙光。對他來說，搞笑跟哀愁的風格本來就是孿生兄弟。

——我記得他穩定期沒有幾年。有些隨筆讀起來像在湊字數騙稿費（生而坦誠，我很抱歉），但整體作品尚持水平。他終其一生為憂鬱所苦，自殺未遂四次。第一次是高三，就在那幢華麗豪宅的房間裡，吞下安眠藥。好端端富家少爺有必要厭世嗎？

——他從小對階級身分敏感，討厭別人叫他少爺。高中到考上東京帝國大學階段，他積極參與左翼運動，對資產階級嗤之以鼻，也寫過多篇批判文章。父親過世後，哥哥津島文治繼承家業，持續遊走政商經營人脈，對弟弟的作為很不苟同。再加上太宰治沉迷花街柳巷，義無反顧打算跟藝妓結婚，惹怒了津島文治，揚言斷絕家人關係，太宰治賭氣，馬上去辦手續，實則內心澎湃，抑鬱不堪。幾天後，他約另一位在酒吧認識的女侍，去鎌倉海岸吞安眠藥跳海，女侍死了，他卻獲救生還，被送入療養院安置。這是他第二次自殺未遂。過程被修飾後，寫成〈姥捨〉這篇小說，文風很迷人，若撇開自殺的目標，乍看像一部浪漫溫泉戀愛物語（幸せだ）。這篇小說令我聯想到芥川賞作家絲山秋子所寫的《逃亡大胡鬧》，描寫一對從精神病院出逃的男女浪跡天涯、尋死覓活的怪異故事。我懷疑絲山秋子有受太宰治影響。

——宰哥他恐怕是罹患重度憂鬱症吧。字裡行間垂死吶喊，其實在呼救。「我很想死，很想乾脆一死了之。一切都已無法挽回。無論做什麼事，不管怎麼做，到頭來都是一敗塗地，只是恥上加恥。……我失去做人的資格。我已經完全稱不上是人了。……我果真成了廢人。」。三島由紀夫曾不屑痛罵他：「演出不適於自己的角色，跟女人情死什麼的小說家風度應該再嚴肅點。太宰的性格缺陷中，至少有一半是可以藉由冷水擦身體、機械體操、規律生活改正的。生活裡能夠解決的事情無須煩擾藝術。不想治好的病人沒資格當真正的病人。」三島視太宰為敵手已不是新聞，二人初次會面的經過流傳甚廣。據說三島偶然被朋友帶去了太宰居所，臨別前，三島當眾人面，向當時已成名的太宰說：「我討厭太宰先生您的文學。」太宰正眼也不瞧，無所謂道：「即便說討厭，可你還是來了，所以還是喜歡的啊，對不對，還是喜歡的啊。」三兩下把三島打得啞口無言。

——三島不就是口嫌體正直的傲嬌鬼嗎。嘴賤派。苦練一身結實肌肉吸人睛（還拍寫真集），渴望獲得萬人景仰。其實骨子裡跟太宰是同樣的人。軟弱。敏感。纖細。自卑。自戀。自大。自殘。

——人家好歹是國際級大作家。他寫過不少同性戀題材，如《禁色》、《假面的告白》，不少人八卦他應該是同性戀，但他以娶妻生子來打破謠言。也有人說他可能是雙性戀。

——我不著迷三島。他太像是臉書上專門嘴賤酸人以搏取聲量的那種傢伙。儘管身材好又有才華，但做人太小家子氣了（主觀喜好，理性勿戰）。

——言歸正傳。命運再三逼人。一九三四年，就讀東京大學法文系的太宰治被校方通知留級。隔年，他拉下臉向津島文治求援，討學費，遭拒，被迫退學。不得已，開始找工作，卻在東京都新聞社的入社考試落選。學業和事業的雙重挫敗下，年僅二十六歲的男子前途失效，絕望走到了鎌倉山八幡宮，企圖上吊。不料繩子斷掉，求生不得、求死不能。鬼門關回來，又因急性盲腸炎住院，手術中併發腹膜炎，療養期間過度依賴麻醉藥，中毒成癮。一九三七年，仍不死心約女人赴溫泉地仰藥，第四次自殺未遂。接著是文學史上評價他產量較穩定、也迭出佳作的承平期。截至一九四八年，三十九歲的他再度招徠死神，達陣陰曹地府。

——有時候有些人自以為透過談話或作品，便可深刻理解一個人，其實只是皮毛。有時候有些人自以為洞悉了對方的肢體語言，便可直探內心宇宙，其實你們連自己（或伴侶）敏感帶在哪兒都找不著。張愛玲在〈色，戒〉寫道：「到女人心裡的路通過陰道。」男人呢？我以為到男人心裡的路，通過尿道。每個男人精蟲灌腦的剎那，只貪圖那短短幾秒的尿道痙攣。啊嘶，啊奇摩吉（気持ち），嘶，已枯（いく），已枯（不許笑）。

——哎，男人何苦為難男人。我曾以為太宰治是火象星座（或許是在上升星座），沒想到是雙子。耿直，但不夠聰明，或曰小聰明，但不願迂迴諂媚討好，嗆起來又不怕得罪於人。嘮嘮叨叨、孤芳自賞的男人自有軟弱的一面。

——是俗話說的狗急跳牆嗎（誰是狗誰是牆）。最著名的，不就是入圍第一屆芥川獎決審卻落選了。懷才不遇帶來負能量，如哥吉拉釋出巨大輻射光。起因是擔任芥川獎評委之一的川端康成，痛批太宰治「生活烏雲罩頂，可惜未能盡情發揮才華。」太宰治氣炸了！火速寫了篇〈致川端康成〉回敬，闡述自己一度抱著曝屍荒郊的決心寫作，竟換來被命運惡整、被病魔纏身、被憂鬱折磨的衰敗，這種人生不叫「烏雲罩頂」叫什麼？（潛台詞是，人生勝利組懂個屁呀？在絕望夾縫中求生存的文學，難登大雅之堂？）他心直口快反擊：「養小鳥、看舞蹈的生活真有那麼了不起嗎？我好想拿刀捅你。我覺得你是大惡棍。」（恐嚇文壇大咖超級帶種！）

——接下來第二屆、第三屆的芥川獎名單，照樣不見太宰治名號。他心灰意冷，沉溺於麻藥不願自拔，佐藤春夫說他「奔放但內心軟弱」。可是為了得獎，太宰一度罕見的，放低了姿態（近乎撒嬌）向川端康成喊話：「雖然我死皮賴臉活下來了，也請誇獎一下。」結果連入圍都沒分兒。除了憤怒還是憤怒。但又如何？彼時文壇可不是太宰這小咖作家說了算。

——太宰治對芥川獎有心結。在此之前，他沒得過任何文學獎，巴不得獲得文壇大老肯定，可他越是渴望，越不可得。任何具名「審核」皆有主觀性，到頭來究竟是審作品抑或審人品？不夠人情世故，不懂圓滑處事，動輒喜怒形於色，玻璃心碎滿地，不得人緣似乎也不意外。即便小有名氣，依然執著獎項，內在的自卑黑洞期盼被填補。從小到大除了讀書，他不擅長任何事。家族裡得不到長輩摸頭稱許，校園裡又得戴假面具陪笑。文學是赤裸裸的王國，翻江倒海鳶飛魚躍，是至情至性的魔術，是死前最後一場光榮聖戰。也是獨角戲。需有儀式性和象徵性。文學獎。紀念偶像芥川龍之介的大獎，錯過了，抱憾終生。

——同理，如果舉辦「太宰獎」，我應該也會去報名（手比愛心，眼冒金星）。除了中學時期的數理挫折，接下來幾年求學路十分順遂，直通夢寐以求的國立大學研究所，也獲得大型文學獎。但其後，我節節敗退，在希望和更多絕望之間拔河。得之我幸，失之我命。二〇一五年，日本著名搞笑藝人（兼太宰治鐵粉）又吉直樹，以製造笑料的漫才師為題材寫下的《火花》摘下第一五三屆芥川獎。命運多梗、多刺，且峰迴路轉，不知太宰治該笑還是該哭呢？《火花》裡藉由漫才師在舞台上插科打諢以逗樂觀眾為旨，描述主人翁苦心孤練，只為了剎那的掌聲及喝采。當然也有運氣衰頹、付出與收入成反比，或被觀眾比中指噓下台的狼狽時刻。在自我認同和取悅他人之間如何求取平衡？這不正是太宰治一生剪不斷理還亂的難題嗎？想保有完整卻又不願低頭媚俗，想試著媚俗卻又害怕有朝一日變得犬儒。媚俗與犬儒，是太宰治文學不可承受之輕，也是不可迴避之重。

——你呢？你也在自我與媚俗、掙扎與犬儒之間分身乏術？或者你早已對文學喪失了神聖性，死皮賴臉苟活了下來？

——三十三歲博士班中輟，告別學術，遁入另一個領域。當時還不曉得，專斷的體制遲早像一條南美洲熱帶叢林的森蚺，牢牢纏繞在我的軀幹上，越是努力掙扎越快窒息。尚不足以強大到抵抗潛規則的橫徵暴斂。不喜爭鋒，也沒本事。氣弱者，註定被裁剪，被馴化，被（迫）自我否定。我就爛，我就廢，我陽間失格。我憧憬那種一出手就眾星拱月、不知谷底深淵為何物的高人。我垂涎。我渴求。我不要臉。我真犯賤。此地有銀三百兩，我為五斗米競折腰（還差點腎虧，嗚嗚）。出了學術界，驚覺江頭風波惡，人間行路最難的，從來不是工作本身，而是人。體制共業難改，我撤退。前後苦撐近五年，我識相滾蛋。

——唉唷，在一個體制裡面，做人比做事更重要，但中外歷來文人都背道而馳——太宰治。張愛玲。村上春樹。李白。蘇軾。你偏愛的作家似乎都有社交功能障礙，要是他們也來當今職場走一遭，大概很難倖存——不懂人情世故。不會做人。頭不低。腰不彎。臉皮不厚。嘴巴不甜。不得志不受寵，你活該怪誰！

——咳咳咳（微卡痰）。想辯解並沒有你說得那麼不要臉，欲辯已忘言。罷了。完全不受他人評價影響之人，要嘛心理素質健全，要嘛個性傲慢。談起自卑與自信的拔河，太宰治也深受其苦。他早期作品明顯有法國文學存在主義的影響，崇尚惡之華，以人性醜猥、罪愆及敗德為美學。代表作〈逆行〉充斥大量意識流，敘事破碎曖昧，文風頹廢虛無，如夢如囈語。「我飽受莫名的憂愁所苦。絕對的孤獨與一切的懷疑。」但這時候在文中的他，自信昂揚，「大學也有足以與我匹敵的男子。」「經過金色鏡框鑲嵌的鏡子時倏然一瞥。我是個從容不迫的美男子。鏡子深處，沉落一尺寬二尺長的笑臉。我找回心靈的平靜。充滿自信，猛然揮開細棉布簾。」約莫同時期的〈狂言之神〉也自戀闡述「酷似歌德的俊秀臉龐蒼白如紙」，穿著鼠灰色風衣的修長身影「竟與年輕的波特萊爾肖像唯妙唯肖。」堂堂七尺の男子漢。（不諱言）題材近乎無病呻吟。更巨大的心靈折磨還沒上場。真正地獄還沒降臨。

——初出茅廬自矜虛榮，傲氣掀起萬重浪。莫怪乎得不了芥川獎，卻惱羞成怒，欲魔欲死。這般自信自戀，伴隨年復一年的經濟和家庭壓力，消磨殆盡，變得敏感怯辱。談起過往年少自豪的容顏，他不再自居美男子，傾向自我否定曰「醜男」：齒搖牙鬆。氣弱。濁酒臭。發胖。臉大。被人笑頭骨扁大受打擊。風流。沒義氣。拖稿。負債。無聊男子。窩囊廢。欠人罵。

——他中後期作品，行雲流水越寫越順手，掌握獨特敘事聲腔，美學風格底定。嘮叨中有警句，自溺中有解嘲，哀愁中有詼諧。作品慢慢受到世人肯定。照理說會自信加劇，但他反而「逆行」。我毋寧認為太宰治真正的「倒行逆施」，是從第三次自殺未遂開跑，其後兵敗如山倒。

——欲振乏命。世人會同情和疼惜軟弱吧（才怪）。以人之不幸為大幸。作家不該坦白真面目。不應該不要臉。臉皮薄是死罪。（腳下漲潮的海水已淹到膝蓋了）（繩索已套住脖子了）（毒藥已滑入喉隙了）。冤冤相報無了時，我們做人何不試試以直報怨？

——哪裡直？躺下來一柱擎天最直（俗話說一山還有一山高，雞蛋還有雞蛋糕）（別胡鬧）！

——人死去，就像魚兒被釣上岸，嘴裡噗噗討饒，也拗不過地心引力的拉扯，皮，開，肉，綻。（Hello, you can stay and watch.）誰在人間失格，誰在陰間失禁。去你媽的！

——去你媽的！死亡不勞而獲，生命徒勞無功。

徒然記

庸俗比死更冷

有種絕望，任憑翻江倒海也難以在心底掀起一絲漣漪。也有種絕望，徘徊在希望的荊棘裡負負得正，一搶到好牌便心急梭哈，劇情急轉直下，正正又得負。你沒那個命啊，輪也不會輪到你。哪怕洗出好牌，照樣輸得脫褲。

一九〇九年六月十九日，是太宰治生日。一九四八年六月十三日深夜，他跟情婦山崎富榮用繩子相偕綑綁，跳入東京的玉川上水殉情，遺體至六月十九日才在下游被尋獲。這天原本是他的生日，自此成了忌日。

為了緬懷他，後人把這天訂為「櫻桃忌」。每年此刻，各地粉絲相繼湧入東京三鷹的禪林寺祭奠。多媒體時代，吸睛誘惑所向披靡，書市慘淡不祥，遠遜於座無虛席得令人心悸的靈骨塔藍海。

普遍文學作家的命運，與其說像流水席，瞎湊熱鬧分而食之，不如說是各箸揀各菜的迴轉壽司，行禮如儀食後不理。能像太宰治這樣人死留名，作品照舊長銷不墜，年復一年被悼記著，儼然神話。

嚴格說來，太宰治是三十八歲過世，另一寬鬆算法是三十九歲。三十歲左右的年紀，迫於手頭困窘，他流連在山間溫泉旅店，寫出〈東京八景〉這等自傳色彩濃厚的小說。他自道寫作動機是為了向青春訣別，其間每一個字眼都不想用來討好任何人。

整篇文章最令人詫異的，是對生命暴力的無以為繼和無力回天的裸裎告白。對於旁人口中「變得越來越庸俗」的自我，太宰治坦然以對，甚至嗤之以鼻笑稱庸俗才是他的真面目，世人不察罷了。
真小人和偽君子，不知道今晚您想選哪一邊？どちですか。
庸俗苟活鐵定比死更冷。

跟太宰治借酒杯

人在江湖走跳，幹活營生不難，難的是，被人掐著打分數，動輒一較長短。哪裡短？都說英雄氣短，顯然不是比氣。如此一來，長短失去意義（又不是小男生比雞雞）。若以彼之長，較此之短，此必然輸。反之，此必然贏。

六脈神劍和降龍十八掌對幹，誰先陣亡？陳奕迅、張學友或王菲、陳淑樺上「我是歌手」競唱，勝負如何？張愛玲和太宰治，誰的粉絲數和影響力略勝一籌？無法以科學數據定論的領域，各有擅長各有勝場，刻意區分高低，有意義嗎？

可憐吶（攤手）。

太宰治很厭惡人跟人比較，更不滿被人（用莫名其妙的標準）打分數。他曾說過：「喜歡比較是愚蠢的行為。」在自傳小說《津輕》，某傢伙當著他面，說自己喜愛另一位東京知名作家，對太宰的作品隻字未提。太宰忍不住反脣相譏，以最擅長的搞笑演技，以退為進自嘲，是作品寫太糟才不受閣下青睞。

話題隨酒席流轉，某傢伙放肆調侃太宰治的頭型是扁頭，害他老兄心情一下子盪到零下幾度C。哎，你好想幫這大少爺拍拍，轉念又想起，他從小到大極度討厭被別人喚作少爺。

而你呢，最討厭被人叫「文青」。文青無罪，是世間有種人愛拿「貶義化的文青」標籤調侃人。

捫心自省，你不曾以文青自居。頂多相貌斯文（怪爸媽囉），讀了文學院（嘆沒理科腦），得了文學獎（賺點外快而已）。不追金馬影展，不迷費里尼小津安二郎侯孝賢楊德昌，不拿單眼，不聽地下樂團，不抽薄荷菸，不捧紅酒，不喝手沖咖啡（會胃痛），不帶蘋果電腦泡咖啡店（不許笑）。

到底誰才是文青？（頗呵）。

貼標籤，是人間不虞匱乏的才藝。可悲多數世人只在乎事件表相吸不吸睛，不在乎背後曲折。標籤最易消化理解，也最易扭曲、妖魔化一個人或一件事。以偏概全。斷章取義。加油添醋。標題殺人。以訛傳訛。以（自以為客觀的）主觀，掩蓋（自以為主觀的）客觀。

這正是為何記者此一生物成為全民公敵，廣大網友皆以唾罵記者為趣。有人說記者也有好貨吧，話沒錯，但世人以被媒體日日餵養大的咒怨，迴向給記者，以彼之道、還施彼身，作用力與反作用力的斗轉星移。套句海濤法師所言，都是假的，哎呀，你們眼睛業障重。

作用力為何？反作用力又為何？

喂，有人說，韜光養晦不好嗎，何必咄咄逼人。人際分寸拿捏不當，比上刀山、下油鍋還麻煩。人類傷腦筋會自暴自棄。傷心會笑。被踐踏會反擊。生氣會說愛。心虛會舌粲蓮花。失去自我和衷於自我如何追求平衡。你不知道。像紙鈔不明究理被印上偉人肖像一樣傻眼無知。

你曾那樣倉皇失措演出好人的戲碼。好人終歸沒有好下場。等媳婦熬成婆就可以黨同伐異、倚老賣老了嗎。生鐵鑄成劍就可以唯我獨尊、趕盡殺絕了嗎。當「權威」不自覺過渡成「威權」，字眼先後顛倒，意義判若雲泥——那些勵志心靈雞湯作家永遠不敢大肆聲張的真相——啊，看倌們繼續掩耳盜鈴吧。

行規傳聞中，登入他人內心如入無人之境者，越卓絕超凡。甘安捏？反求諸己有多難，登入他人內心就有多難。多數人同棲生活半輩子，仍話不投機，遑論大學同窗、職場同僚、隔鄰住戶、巷口超商店員、路邊浪浪……就像林憶蓮所唱的：「有人問我是與非，說是與非，可是誰又真的關心誰？」

即便撬開外殼，言語經過包裝，火眼金睛也看不穿人性的幽微。倘使對手有演技。言不由衷。口是心非。你知道庶民百姓也有金馬獎（不靠顏值和名氣）吧，日日琢磨必有成精、成魔者，何況「百鍊成鋼」的公眾人物。

潛意識的經驗直覺可以判斷一個人的性格，但僅限於普通社交這種得以藉由漸進式印象回溯印證的人際。若正式的公眾人物專訪，直覺難下判斷，務須仰賴客觀證據。

擔任《華盛頓郵報》記者多年的暢銷作家麥爾坎・葛拉威爾在近作《解密陌生人》提到，主觀解讀陌生人的心思有不少侷限，我們不該膨脹自己的「識人之明」，否則將導致「遇人不淑」的悲劇。

人類太習慣自以為是——根據人的外表、談吐或眼神這類透明性的假設——「翻譯」別人的說詞或意圖。也就是說，以預設為真，深信自己對別人的了解，勝過他們對於自己的了解。

當人們被迫在一件事情的「可能發生」和「無法想像」兩種選項中做選擇，以預設為真造成的盲點，會傾向最可能發生的解釋，直到客觀證據浮現為止才改觀。這是人之常情。

此書列舉不少心理學實驗佐證：擅於說謊者，並不像刻板印象所以為的「眼神閃爍」或「緊張侷促」，真正說謊成性的人不會閃躲目光。是以，貌似忠良、看似悲憫的傢伙越不能掉以輕心。比如美國史上最大龐氏騙局的經營者，是臉不紅氣不喘的撒謊高手，他有一張木訥的臉孔，談吐懾人心魄。又比如，經驗老道的美國中情局官員，完全無法評估某個手下間諜的忠誠度，因他平時給人感覺「只是一個懶惰的酒鬼」。

更著名的案例，是英國前首相張伯倫。一九三八年，他與希特勒會面過三次。初見面，他感覺希特勒看起來不起眼，像在人群中輕易被忽略的油漆工。晤談後，他勝券在握宣稱，希特勒是說話算話的人，看不出任何發狂前兆。第三次會面，二人簽署和平協議。不料，五個多月後，希特勒揮軍直攻捷克斯洛伐克等地，接著入侵波蘭，掀起二次世界大戰。

另一名出任張伯倫外務大臣的哈利法克斯伯爵，也曾在柏林與希特勒會面，他同樣認為，希特勒不會開戰，傾向和平協商；駐德國的英國外交官韓德森，多次會見希特勒後，也深信希特勒跟所有人一樣厭惡戰爭。韓德森跟納粹官員之一、希特勒的副手戈林往來密切，倆人經常一起獵鹿，他還發現戈林喜愛動物和小孩，據此判斷戈林是正直的人。

綜合上述，葛拉威爾的結論是，了解陌生人有極限，把一個人的行為事實「一網打盡」難度極高。與陌生人談話的最佳路徑，是審慎和謙遜，而不是處心積慮、夜郎自大。

在另一本著作《決斷2秒間》，葛拉威爾舉了美國第二十九任總統哈定為例。新聞記者蘇利文當年對還沒選上總統、名列參議員的哈定吹捧備至，在人物報導中一派政治正確地描寫他：「給小費的方式讓人覺得他既大方又善良，很願意散播歡樂，這些都是奠基於他健全的身體與善良本性。」

事實上，哈定才能平庸，私下沉迷撲克、高爾夫和酒精，喜愛拈花惹草，政治理念空泛，唯一優點是長相英俊，膚色古銅，體格健壯如古羅馬人。葛拉威爾說：「許多人一看到哈定儀表堂堂、玉樹臨風，就會遽下毫無根由的結論，認定他就是勇氣、才智與正直的化身，這些人並沒有深入事物的表象。」他上任二年後猝逝，而且果不其然，被史學家公認是美國史上最不稱職的總統之一。

記者終究只能「接近」真實，不可能百分百「還原」真實——抑或，真實稱不上重點，「報導價值」才是？——八九不離十，難以管窺天。無論自認多麼世故精明，永遠會有「萬一」揭竿起義。

你記得在一本推理小說裡讀過，一個人的心性，往往與旁人認知有所出入。「不，他不是這樣的人。」「不，她絕不可能做出這樣的事。」「哪可能啊，他是個孝順又愛家的大好人不會欺負人、不會撒謊。」

看似悲天憫人、動不動眼泛淚光的人，內在或許是冷血的投機主義者。搞不好溫文儒雅的詩人是蘿莉控。衣冠楚楚的男教授其實在床上是性虐狂。人見人誇的好母親在職場可能是心狠手辣控制狂。除暴安良的男警察或許愛看謎片自慰成癮。看似純真的女大生習慣說謊不眨眼。

扮豬吃老虎久了，有那麼一刻，真以為自己是豬。渾然天成的謊話說久了，便成為一種超現實主義。人有向他者傾訴、以獲得理解的欲望。人也有選擇性坦白或隱瞞對自我有利的本能。熟極而流的話語或許連自己也不敢置信。

登入他人的內心，比攀登黑色奇萊主北峰更艱難。有時候我們連走進超商購物都有選擇性障礙；伴侶忽陰忽晴是否外遇也無力拆穿。至於評點他人是否登入另一人內心，藉機評判高下，更莫名。

有人善戳，有人木訥，有人坦蕩，有人刻薄，口舌之場無絕對，磁場矣。磁場對了，何止心房來去自如，上下孔竅無不為君開（願君多採擷，此物最相嘶。說打就打，說幹就幹，管它流血流汗，管它流血流汗）。

子非魚，安知魚之樂？子非我，安知我不知魚之樂？《莊子》讀過吧，子非彼，安知彼之心？子非我，安知我不知彼之心？天地萬物，誰敢保證從他人身上挖掘出土的說詞如假包換。恐怕不期然，是真心換絕情，貍貓換太子。

越是精明伶俐的記者，越是有一粒靈敏的豬鼻子，會想方設法揪出埋在橡樹溼土底層的松露大快朵頤。你記得某前輩曾自我調侃：「不過是詮釋學比賽，看誰比較會找哏罷了。」哏，就是羅蘭・巴特所謂的刺點，在媒體界叫作（勁）爆點、話題點、觸及點。

以哏為槓桿，四兩撥千金，無為而無不為。由若隱若現到三點全露，從未語春容先慘噎到語不驚人死不休——受訪者已死，音容宛在，爾等照單全收，不怕所見所聞太過「後現代」？

終究是徒勞。

當今媒體惡性競爭，無不出奇招、拚點閱。若是謹守道德份際者，報導價值如何權衡，成了天人交戰的「魔戒」，正是：「好的記者帶你上天堂，壞的記者帶你住套房。」若是罔顧新聞倫理者，消費腥羶色，加油添醋炮製祕辛，一篇報導不用六分鐘便可毀人一生。政治人物有義務被道德檢驗也罷，此外有誰，非得掏心掏肺，飼養大眾積習難改的窺淫癖……己所不欲，盡施於人。

膽小鬼碰上狼牙棒怎麼辦

太宰治最後一次自殺成功，留下幾篇未竟的遺稿，和遺書，其一是寫給妻子津島美知子，他幽幽寫道：「孩子們都還沒有長大，但請你撫養她們健康成長，拜託了。一直以來都受到了你的照顧，但是我已經厭倦動筆寫小說，所以只能死去。每每想到你和孩子，我都會暗自哭泣。美知子，我比任何人都愛你。津島修治」。

「厭倦動筆」四個字令你大受震動。

他寫下許多小說和隨筆，莫不是求救訊號。二十歲試圖自殺起，至三十九歲成功達陣，一共未遂四次。你常想，若活在多媒體時代，太宰治會否一晌貪歡，不想死了？可能性不高。不假辭色又有社交障礙的傢伙，畏畏縮縮活在講究譁眾取寵的虛擬伸展台，恐怕很難為了搏取聲量，主動搔首弄姿。

以現代人冷笑話來說，太宰治的個性太欠人宰，又太宅。

真的是欠人宰。

你整個三十多歲生涯，前期歷經愛情和學術坎站，後期遭遇了職場陽痿和家道崩衰。有人說寫作是救贖？最痛苦的節骨眼根本寫不出東西。無所適從的現實處境，戴上面具仍心憂忡忡，你藏不住，你演不來，你是失格的演員。每一張帶笑的臉掩護著不得其解的人性。人為財死，人為利活，不知道可以信任誰，每次推心置腹到最後都換來一場空。

第一片骨牌是怎麼倒下的？簡直像一齣歹戲拖棚的肥皂劇，既獵奇又血腥，以「報導價值」來說，可謂高潮迭起。

大伯凌晨外出散步，回程在自家公寓一樓心肌梗塞，因延遲送醫，急救仍昏迷不醒，癱躺數月而後氣絕。你父親脊椎接連二度開刀，出院未見起色，一大把年紀拖著宿疾在工地扛建材，爬上爬下拚老命。祖父母則是相繼失智、中風、摔斷小腿、晝夜失序又失眠，中邪般胡鬧不休。

長照風暴下誰能苟全，眾親戚為了分攤責任鬧僵。家務事由來缺個理字，隨便踩都是雷。你父親木訥，不願手足失和，母親埋怨瑣事全落在你父親肩頭，到頭來誰也不諒解誰，理性溝通失效。你被迫挺身介入眾人口舌，你來我往刀槍亂劍，為了護你父母，為了捍衛家破人亡的局面，幾度好話說盡，面對曾是長輩、如今已翻臉成仇家的那些人咆哮。

母親確診憂鬱，失眠絕食，暴瘦十幾公斤，每天悶悶不樂想著去死。小姑姑離婚後搬回娘家，思覺失調症爆發，生活無能自理，想起未來無有依靠，覺得自己看不到康復那一天，於是挑了一個晴天悠悠的日子，留下遺書，走到附近土地公廟，仰盡一整瓶巴拉刈。等母親發現遺書，跨上摩托車飆去，人已倒臥昏迷，連忙報警送醫搶救，但消化系統早已一段一段潰爛、腐蝕，半夜宣告不治。

一段一段潰爛、腐蝕，就跟你這些年的運勢同樣衰敗。難纏事全體梭哈。

許多年前，父親被人惡意倒債，母親老在你面前哭訴「家裡沒錢、沒錢」。身為家族裡學歷最高、最被寄予厚望的長子，巴不得早日畢業，卡上大學職位賺錢。但做學術急不得，母親促迫的焦慮化為假想的離心力，每一次都讓人覺得譬如朝露，去日苦多。抽象的文本再也拯治不了躁動的靈魂。乾脆中輟博士，你說不讀就不讀了。

為了謀生，稍嫌遲到地捲入資本主義金字塔底端。步步為營好些年，不是不努力，偏遭逢無理可解的坎站，日日鬱結，苦悶愁煩。不甘心不放手，撐累月又累月，連向人轉述內心也招來一片惡寒，像卡到最陰的冤魂，皮膚泛起雞皮疙瘩般的紅疹抽痛不已。

堂堂男子漢の心中有礙，前途無亮です。

「膽小鬼連碰到棉花都會受傷。」太宰君附耳悄悄話。你回應道，「很可惜我碰到的不是棉花，是狼牙棒喔。」

夢境一：認清自我的風險

你做了一個夢。

一個漫長、黏滑如泰坦巨蟒長達十四米蛇身的怪夢。

夢中場景，是一幢從裡到外鑲滿了玻璃的城堡，整座城堡被龐大的汽球馱負著。踏入城堡，好比墜入科幻電影，任何事都不足為奇。每一天，每個人經過城堡各式華麗造形的玻璃，不得不對其中的自我鏡像投以一瞥，但那自我，壓根不是自己所以為的自我。

認清自我的風險，不亞於起手無回的豪賭。

應聘加入城堡的一干人等，食衣住行盡在其中，且必須在左手腕植入人工晶片，晶片等級會伴隨階級升降變換顏色（顯示於手腕），紅色最高等，紫色次之，黃色再次之，白色又次之，黑色居末等。

作為最下游，「黑色手腕」天天得被評分。分數排序低者，張貼公告在四十樓電梯口的「洗心牆」——四十樓取「死」馬當活馬醫之意。據說是第一任堡主留下遺訓，期許全體一番洗心革面，搏取最高階級顏色的殊榮——除了企劃執行力列入考評，客源開發、勸募資金多寡、聽不聽話（奴化指數）、順不順眼（顏值擔當否）、微笑角度標不標準、西裝有無皺褶、口袋有無手帕衛生紙、不管三七二十一保持正能量等等，皆會波及總積分。

評分無處不在，便是為了提醒每個人時時刻刻不得懈怠。使命必達、不擇手段，任何事不足為忤。你微笑是為了你存在。今日之奴是為了成就明日之主。

城堡鼓勵力爭上游，每個人可透過超值優惠價，購入五張手工打造的面具，客製化功能包括：「伸手不打笑臉人」的笑容校正系統、自動偵測他人目光的「恨意修修」和「憤怒去去」、「金玉良言擄人心」變聲器，等等皆可任君打造。通常主力消費為下階族群，上階族群唯有跟更上階開會才需要。

潛規則第一條，把自我或自尊等衍生物，壓縮到跟最小細胞（黴漿菌）般無存在感，不可以像安全氣囊，一遇擠壓就瞬間膨脹。第二條，城堡裡氣溫忽高忽低，暴風雨是家常便飯，如不具預測氣象的本領，請攜帶輕便雨具，或存錢買副多功能防毒面具。

近日，某上櫃企業委託城堡規劃一場博弈遊戲大賽。承辦小組成員約十人，各據會議室中蜂巢形壓克力桌一隅，輪流商討進度。恰似密教徒儀式，只差沒在中央點上一根白蠟燭，然後轉俄羅斯輪盤，指向誰誰先死。

很不幸你第一位。當日天氣陰寒，你手腳發凜，又忘了戴面具，想暖個場，講了句無傷大雅的開場白，前方坐鎮的「紫色手腕」交叉起雙臂，冷眼撇嘴道：「我不知道這跟你的進度有何關係。」語氣裡挾帶不容討價還價的脅迫性。像年底為了拚業績躲在路口死角開罰單、不帶感情說出「行照駕照拿出來」的臭臉交通警察。

類似情況屢見不窮。

視不同場合搭配，一般人會入手好幾張面具，你經濟拮据只有一張，而且是最普通的「社交笑笑」功能，重點是你還經常忘記戴出門（下意識覺得戴了也不管用吧）。

你面色灰蕊，肢體收緊，像一隻被扔在路邊紙箱任人戳弄難以招架的幼犬，想逃、好想逃。但是，無處、也無力、可逃。可怕、好可怕。渾身惡寒，支支吾吾顫抖著呼吸報告完。所幸沒被鞭屍。下一位，逋啦逋啦。嗯，很好啊。再下一位，逋啦逋啦。嗯，不錯啊。

下下一位，同樣是「黑色手腕」，說話甕聲甕氣，一下子邏輯跳躍，停頓搔後腦，浪費時間不知幾何。

但等等，方才那位臭臉交警，一溜煙國劇變臉，此刻恍如牧師傳道，和顏悅色微笑著。咦，果然……這下子演哪齣？你心頭納悶，腹部有股中拳的畏縮感，腎上腺素沸騰，像鐵板燒的牛排被滾油煎得滋滋作響。

不論交警或牧師，切換隨心所欲。不分平假日、白天或晚上，隨時想在群組丟訊就丟訊，開頭恆常是命令句，一二三木頭人，點石成兵，一個都不准少。感覺像置身軍隊或集中營（全體來一首成功嶺之歌，預備，唱），凡有拂逆或踩雷者，連坐法挨罵。

統御術最高境界：罵人不帶髒字，不指名道姓，歡迎對號入座，營造心驚肉跳的緊張。再不然話中帶刺，有意無意否定人格。多數人為保飯碗或怕影響升級，選擇沉默。一旦成了黑掉的羊，將不被顧及個資，把包含評分在內大小事，羅列在「洗心牆」以供「欣賞」。

這時候，一張好面具就派上用場了。城堡內簡直一片面具海。每天有不同洋流的海波浪交會，玻璃倒影裡再也分不清誰是誰的本尊和分身。除了每一隻手腕上鬥魚般七彩斑斕的刺青。

夢境二：城堡裡的忍者

在夢裡。有一回，臨時接下某一連鎖傢俱公司企劃，若不在週末加班難以交差。後來企劃如期完成，循上報備補休，登登，被駁回。平日執行一項企劃案，工時約三至四週，識相之人才不挑假日加班呢，因「紫色手腕」私立「天條」（自外於公司法與國家法）：假日趕企劃不得補休——對他者乏信任，不在眼皮下的作為怕人混水摸魚。

你性格直率但不愚，向來謹小慎微，不曾口出惡言以下犯上，也未曾故意犯傻踩地雷，但不知為何，並非所有「黑色手腕」皆如你這般待遇。據說，某些顏色混水摸魚，或捏造客戶績效；或蹺班逛街喝下午茶。東窗事發了，頂多口頭吠幾句，無懲處，也未公告「洗心牆」殺一儆百。

一幢缺乏恆溫空調的城堡，所有待遇評價但憑天雨天晴。你從未精確探測過天氣。經常忘記帶雨具。每一次都被無情的暴風雨淋成落湯雞。太無知了，好愚蠢。我說你。

想起某年大選時，某位候選人的經典名句：「選舉最大的祕密是，票多的贏，票少的輸。」而體制最大的祕密是，惦惦呷贏三碗公，大小聲輸到脫褲懶。

然後開始渴望逃學似的害怕上班。

腳一踏進城堡，就像被豬籠草誘捕的小昆蟲，想減輕被消化液腐蝕的面積，費力瑟縮著四肢。下了班，帶著血肉潰爛的傷口回房。夜夜做惡夢。夢醒了，發現自己掉落滿地的器官，從此活得人不像人，鬼不像鬼。

有人說，看開一點（忍一忍），幹嘛那麼在意別人的待遇，不去理會就好啦。同樣一句話，對象代換成社會弱勢，比如身障者或精障者或娘娘腔，作何感想——忍一忍，幹嘛要在意別人的待遇，不去理會就好啦——你們真以為睡一覺醒來，世界就不一樣？（關於達爾文效應，你們是忘記了，還是害怕想起來？）

忽然間一陣尿急，快速動眼期劇烈搖晃不已。所幸翻了身又沉沉睡去，跌入另一場夢迴。在夢裡，你一直尋找廁所，卻陷入迷魂陣。一道又一道曲折的迴廊，水晶吊燈投射在粉色厚絨地毯，地心引力被吸收。走到盡頭，又一道綿延的迴廊，無處不鑲玻璃，玻璃框下方刻著燙金字體，像日曆的每日箴言：「己所不欲，勿施於人。」

你站在一面比例扭曲失衡如哈哈鏡的玻璃帷幕前方，倆倆打照面，發現「自己」變得好衰小。「已經衰小如鼠了，還不夠？」你對著鏡中的「自己」質問。

「無法升級顏色也無所謂喔，但做人，不行含冤受辱。不是抗壓力低，更不是不能虛心接受評議，而是賞罰褒貶能否不偏不倚。」脆弱如紙紮人形的你，吐出岌岌可危的話語，失聲狂笑了起來，「岌岌可危的又豈止話語。」

笑聲迴盪在十二指腸般彎折（長滿息肉）的長廊。你聆聽那不確知是否源由自身的笑聲，不曉得為何有一點想哭，眼淚卡在眼角，狼狽著，夢竟像拉百葉窗一樣，以刷快的速度，甦醒了。醒來發現，枕頭溼涼一片。原來是眼睛的夢遺。

所謂活著，即是在一個盡是魅影的國度，學會當忍者。

（夢中插曲：暗殺教室）

你做了一個夢。

夢中，回到了偏鄉小學四年級的導師課。你面對黑板，雙腳張開開，半趴罰跪在講台上。台下有五十幾張小臉，正張大眼，盯著台上露出馬戲團動作似的你。沒有人敢說話，空氣死寂得像太平間一樣。你聽見東北季風吹過老舊窗櫺發出抖擻的聲響。還有另一棟大樓音樂教室逸出的歌聲：「長亭外，古道別，芳草碧連天。晚風拂柳笛聲殘，夕陽山外山。天之涯，地之角，知交半零落……」

平日笑容甜美的年輕女老師，陡然變了臉，像怒目捉妖的鍾魁，雙臂交抱不發一語，下一秒緊握從汰棄掃把卸下來的木棍，使勁往你屁股揮，一下又一下，一下又一下。須臾發紅了眼，往死裡打。力道跟她一五〇公分左右的嬌小個子完全成反比。

到底哪來的血海深仇，對付一個小四生，像追打強姦犯或電車癡漢拚盡一身蠻力？

「你招不招！我看你招不招！」你視線發黑，扭回頭想解釋，「不⋯⋯不、是，老師，求求你，不是我、真的不是我！」「不准看我，把頭翻回去。還敢說謊！你再不說我就繼續打下去，看你有多少本事忍，招不招！」聲音裡難掩著握有對他者生殺大權的蠻橫。

你手腳漸趨冰冷，開始喘息，抽噎。哭聲彷彿有靈性，逆向推播去跟唱遊課教室的歌聲較勁。那哭不只源於屁股繃著辣的疼痛，而是遭誣陷的委曲憤慨，預感到哪怕解釋再多也無謂的抵抗。但，為什麼被推上祭壇的是你呢？為什麼沒有人肯相信不是你做的？

「不、是、我，拜託……我沒有說謊，真的真的不是我……。」幾番激切抗辯，已經鼻塞到用嘴巴呼吸，喉嚨啞了，眼淚乾了，疼痛指數升級麻木階段，嗓音下意識語焉不詳，克制不住顫抖著。好希望是惡作劇實境秀，好希望這一秒快點過去。但時間慢吞吞，像揉不開的麵團摻雜疙瘩。沒有人敢跳出來聲援。即便問供過程充滿瑕疵，看起來無疑是權力不平等的對待。

在一個體制裡，只要不影響自身利益，誰都不願第一時間跳下水同仇敵慨。每個心生憐憫的背後都拴有一條不得已的苦衷鏈，顧家人，顧面子，顧前程，水分子吸力牽一髮動全身，自保為上。

分秒刷新忍耐極限，肉體像河豚受驚把全身撐得氣鼓鼓，沒有法子不屈服了，「我……我招了，是、是、我、是我做的。」女老師心滿意足，停住手，握緊棍子的掌心被指節掐到頓失血色。接下來一大段訓話，你渾然忘記，記憶呈斷片狀態，約莫是，誰敢跟他一樣使壞就是相同下場，諸如此類的警告。

招供不諱前兩小時，有人跟老師告狀，栽贓你在作業簿的老師姓名欄上寫了「死笨媽」三個字——「媽」的發音在客家話泛指女性，不是母親之意——有權力的人不喜歡被質疑，更不喜歡合理的威嚴被挑釁。老師見狀恨得牙癢癢，馬上託人把你從操場叫回教室「審問」。

「是不是你？」氣勢洶洶劈頭擲來。你連發生何事都不清楚，一臉徬徨。女老師揪集全班坐定位，自以為法官，開庭審判了起來。你聽明來意，矢口否認，女老師故作客觀，又化身刑事鑑定專家，僅憑一雙眼從字跡判定真兇，最後揪出幾名字跡相仿者（包括你），下令當眾重寫一遍「死笨媽」三個字，交叉比對結果，單方面主觀咬定人犯是你無誤。

女老師故作客觀，誘導在座其他同學，「你們看，這跟他的字跡一樣吧，老師沒冤枉他喔。」在握有大權的人面前，屈居弱勢的孩童豈敢多置一詞，就算想說真話，也咬牙吞落。多年後回想，先射飛鏢再畫上圈，壓根違反法律上無罪推定和不自證己罪的原則。

反正是偏鄉小學課堂的一樁冤罪，誰來理會。確定了真兇，全場氣氛頓時鬆懈成溶化的奶油。你不由分說被押上講台，屁股被下令翹高，呈滑稽趴跪姿，如狗幹式性交，把菊花對準觀眾。想到此畫面，中和了一點恐懼，僅一瞬間，然後冰冷現實再度迫降。「我再給你最後一次機會，是不是你？」不是我，真的不是我。求情的小男孩渾身顫抖，仍力圖自清。然而，一場嚴刑拷問於焉展開了……

威權時代長大的人對威權愛恨交雜。有些人在事過境遷後有樣學樣，拿威權當武器，有些人則被威權馴化，價值觀變得不合時宜。

那天放學後，你躲進廁所揉著傷口，心想，千萬不能讓父母發現。該怎麼解釋都麻煩。分明是受害者，卻不敢聲張，反倒像加害者似的。事件曝光隔幾天，同一放學路隊的女同學看不下去，趁你不留神，向你送便當來學校的母親告狀，說你被老師揍得好慘。母親不動聲色，趁你洗澡，假裝拿衣服進出，發現你屁股部位一大片比胎記還誇張的紫青斑塊。

聽完解釋，母親只盤問一句：「是不是你？」真的不是，你沒有做過，但老師一直逼你承認。母親相信兒子，隔天衝去學校理論，眼看站不住腳，老師私下出言威脅：「如果說謊，會被警察抓走喔。」但你仍強調不是你。

真相終於水落石出（才怪），後來不了了之。老師在校方見證下跟母親道歉，畢竟把孩子打傷，以現今教育界標準衡量，早已驗傷提告，鬧上媒體，該名老師勢將被懲處。「師院剛畢業，看起來漂漂亮亮的女孩子，看不出來打人這麼狠，換作是自己生的小孩，看她還下得了手嗎。」幾名家長不久後跟母親閒聊，談及女老師，無不匪夷所思。

接著是在〈太宰主義〉提及，小六時被男同學性騷擾，國中時被數學老師言語霸凌和殘酷體罰。一連串事件，導致你對無形的階級體制始終格格不入，對其間若隱若現的威權暴力更是敏感。那是一種無意識的、身體和心靈的雙重陰影，即便創傷結痂，也會像一塊沉澱在水庫湖泊底層的化石，除非大旱水乾，否則無法出土指認。

當創傷浮現，破碎的殘影一幕幕倒退、具體化，是在成年後踏入體制，經歷了不相上下的氣息……沒有經歷過的人，告訴你應該學習昇華，放下心頭仇恨，但很可惜，有的創傷抗老又防腐，像打過玻尿酸和肉毒桿菌，明亮光滑，時間摧殘不了它。沒經歷過的人，真有辦法體會「痛中翹楚」是何滋味？

人啊，只有在自己切身體驗到了痛苦，才會正視別人有多痛苦。

你學不會在文學的地盤，蒸餾頹廢的情緒，催化眼淚揮發，再冷凝還原天然水。你學不會替創傷鍍上詩意的錫箔，以防負能量輻射。你學不會焊接鏗鏘的警句，教人壓抑不住拿螢光筆劃線的衝動。你更學不會以德報怨、含笑吞辱——重點是，為什麼要？

文學只許溫柔敦厚？你的文學偏偏反詰瓜熟蒂落的定理，對你來說，這就是不爭的真實。真實的痛，假不來。

創傷不留後路，頭前虎山行，揀盡寒枝才能決定握不握拳。當拳頭掐緊，十指指甲像水蛭死死吮住掌心不放。此恨無計可消除。

韓國人是最懂復仇藝術的民族，光看朴贊郁的電影「復仇三部曲」便一清二楚。你的文學品味接近日本，但某程度上，你的自衛反應更接近韓國，更有血性也更人性。你立志要學韓國人罵髒話。光看韓劇裡的韓國人大剌剌罵髒話「西罷」，就有種爽快的解氣。

如果有時光機，你想返回被屈打成招的當下，站在自己那一邊。哪怕強權在側，不需要為無緣無故的栽贓付出代價。如果可以，你多想狠甩那位濫用職權的女老師兩巴掌，讓她體驗看看，被比自己力量強大的人霸凌有多淒苦。淒苦到想咬舌自盡卻氣力淪喪，只剩下兩枚眼神死。

夢境三：掉書袋的人在繭中自問自答

忘了說，夢還沒醒，還在繼續。

從前在福岡採訪過台裔日本作家東山彰良。他在泡沫經濟時期進入大型航空公司擔任地勤，幹了一年就辭職。他性喜自由，厭惡上班，一想到餘生只能聽命行事當傀儡，做一堆自己不喜歡的事，便絕望到巴不得去死。

他義無反顧遞辭呈，去讀研究所，被父親嘲諷是在逃避人生。逃避雖然可恥但是管用。他在學術界逃亡，為了養小孩，課餘去串燒店洗碗盤，兼差口譯，但最後仍放棄了博士學位，逃亡到虛擬創作世界。

訪談間，印象最深刻的是，他說，自己從小到大幾乎不曾熱衷任何事。厭倦工作就辭職，做學術也不在行，「我這輩子從來不曾認真追求過自己喜歡的東西。」但他後來終究在寫小說的路上反敗為勝，贖回了在別人眼中與魯蛇無差的人生。

你同樣跟體制格格不入。但你的社會化程度相較於他稍好些，至少勉強撐了那些年。你未來也有機會贖回九局下半、接近魯蛇般的人生嗎？

可惜不是每個人面對自己在意的事都能豁達。

三不五時還得承受被冷嘲熱諷。嘲諷不及辱罵，是罵的隱喻，是高級髒話。二者皆指向「教訓」意味，水裡來火裡去，是位階優越者給低階者的棒喝（別敬酒不吃吃罰酒，小心賜你一道白綾）。

權力槓桿一面跌勢。像暴風雨自烏雲層炸落，伴隨重力加速度化為針狀水箭，自信來不及孵出就泡沫化。自我否定的屠戮，鳴槍開跑了，刀刀挫骨，剜肉，淌血。無所謂，也許不久你就快瘋了。戰士已落敗。從高處翻落低谷，低到最低了。老天爺不賞飯吃。吃穿無度之人，豈能體會餓極生悲的傢伙有多難堪。

有人知道潛意識自我否定，是什麼感覺？

日裔美籍作家柳原漢雅在長篇小說《渺小一生》裡頭，刻劃了四個好友的聚散無常。其中一名男主角裘德，自幼父母雙亡，被送至少年之家。他白天飽受長者和同儕的霸凌虐待，夜裡被修士們輪番性侵。性侵的時候他會變成洋娃娃般不動聲色放空自己。有天，一名從未打罵他、對他倍受呵護（但顯然有戀童癖）的修士，說要帶著懵懂無知的他私奔，許諾他一個更美好的遠方。

二人喬裝後，開著小貨車，穿越美國廣大土地上峰峰相鄰的州郡，落腳一間又一間汽車旅館，那年他十一歲。很快的盤纏用盡了，修士無奈說道，他們買不起任何一幢有森林的小屋，除非……最後他半推半就，當了男妓，修士擔任掮客，每夜每夜，召來各種不同體型、氣味和性癖好的中年男性，在他年幼的身軀上衝刺，有的甚至喜歡用言語羞辱他，對他施暴。沒有客人的時候，修士會跟他上床，並解釋自己跟其他男客不一樣，這叫「做愛」。他多次感染性病，看密醫，又痊癒，心底不知何時才能結束賣淫的輪迴。所謂美好的遠方，絲毫目不可及。

他以為一切價值觀合情合理，儘管總覺得哪裡不對勁。他不否認生命的暴力，他的生命即是暴力。反正跟在少年之家沒啥兩樣。他持續自欺欺人。直到警察破門而入的當天，害怕被逮捕的修士，躲進浴室上吊自盡了。他已十六歲，接客次數實在不敢計算。他再度被送至安置機構，日復一日慘遭霸凌，身軀上滿滿都是丘陵起伏無盡般的傷疤。他開始自我否定，開始覺得自己骯髒，下賤，無恥，沒資格苟活在世間燦爛的陽光下。

夜裡無助無眠的時刻，像有千百條蟲蟲在骯髒的皮膚底下蠕動。他想起之前每次接客完，修士總會教他如何淨化身心：拿刮鬍刀片在雙手或雙腳上割肉放血，在鮮血流濺的苦痛中，他才重新看見自己的靈魂。從此這像胎記，成了他這輩子再也擺脫不掉的恐怖儀式。命運之神非但不眷顧他，還不肯放過他。

對遠方仍有嚮往的他，忍不住逃離安置機構，可惜一身性病且氣力匱乏，遂昏迷在公路休息站，被一名陌生的精神科醫師擄回家，強押在地下室成為寵物。醫生雖治癒他，也凌虐他，最後在他試圖逃亡的過程中，開車撞壞他雙腿，留下後遺症（腿部神經永久性受損，時好時壞，到了中年他甚至開刀截肢坐輪椅）。

多年以後，他總算揮別這齣沒完沒了的怪胎秀，考上法學院，成了名滿天下的大型律師事務所合夥人，也遇到了願意收養他的法學院教授夫婦，甚至，跟這輩子最理解他、最疼惜他的好朋友威廉談戀愛（威廉多年來都是直男，為了跟他在一起，被掰彎）。但他仍覺得像踩在浮冰上，沒有重力感，日常即無常，腳下的美好隨時會破碎。還不懂得愛為何物的階段，他早已經知道自己距離所謂的愛，不知有幾光年遠。

他發覺自己再也不配任何好人和好事，懼怕辜負他人付出的真心實意。他用盡所有自我保護的本能，隱藏著舊日的祕密從不示人，一年四季永遠穿長袖衣服，與他人保持適當距離。不愛，也不接受愛。他害怕性行為，害怕與人過度親密，肢體上或心靈上皆是。

每個人發自內心誇獎他長相英俊、腦袋聰明，他垂首看見過往的自己有多殘破、多醜陋、多噁心，他不配，世界上任何光明的形容詞。他註定暗無天日，動輒自我否定，一旦偵測到焦慮，當夜必定強迫自己關坐在浴室冰涼的地板上，拿出刮鬍刀，一刀一刀刨割著自己（細胞反覆增生如蟹足腫）的皮膚，駕輕就熟的手藝，彷彿正忙著料理生魚片的日本割烹師傅……

每個人憐憫他無情地浪費自己，覺得他瘋了。但他沒瘋。他們質問他為什麼？無數個為什麼。為什麼非要活成這樣不可？為什麼不肯饒過自己？為什麼只願看見那些傷害你的爛人，卻不願回眸那些願意正視你優點、關愛你的好人？

故事的結局，很慘，很慘，很慘（因為真的慘爆，所以說三次，形容詞再多也拙於描述）。裘德最深愛的威廉和另二名好友，同時車禍身亡。他苦撐好幾年，終究選擇了用一根粗針筒把空氣注射到動脈，痛苦不堪地死去。

生命的宇宙太空虛，唯有痛楚為真。很多時候，你覺得自己（衰之又衰）的處境跟裘德無異。雖然你沒被性侵過，遭遇也不如他戲劇化。但那種遭受他人隱性暴力的創傷後壓力症候群，以及不斷自我否定的心之路徑，太相似了。相似到你捨不得把這部小說當成小說來理解，捨不得不對號入座。居然有人可以像裘德那樣衰洨，眾神們跑哪去了？打瞌睡了？或忙著打麻將？要不乾脆改名叫《衰洨一生》？

好幾次，嘗試過了理解和溝通，善意釋盡後，你也曾想，要不乾脆魚死網破。「別說得那麼恐怖，連想都不要想。」這樣子算有病識感？「罷了！走為上策，你值得更好的。」

你的心境（不是長相）就像元彬。他在韓國賣座電影《大叔》裡，因孕妻被暴徒連車炸死，自此萬念俱灰，隱姓埋名開當舖，過一天是一天。偶然間，相識一鄰居小妹，其母吸毒賣淫，又因合伙盜毒而被販賣器官組織的毒梟們折磨至死，死了被刨出雙眼，挖乾五臟六腑。為了援救被要挾為人質的小妹，元彬從泥淖中拔腿，跟毒梟們以命拚搏。當他誤以為小妹的眼珠被人挖出，不無心死意味對毒梟撂下狠話：「你們是為明天而活吧？但我是為今天而活。」

一無所有的人不怕死。

南無阿彌陀佛。南無觀世音菩薩。放下屠刀，枯坐佛祖前，你仍可以是個善男子吧？好不容易找到路徑，劍及履及把自我投出去，頹然不振的拋物線。博士班半途作廢，百無一用是書生，你還會什麼？跨領域斜槓？除了讀書寫字，什麼都不會。階級流動停滯，你從擺脫不掉的工人第二代標籤，淪成了白領落魄書生。

張國榮和王祖賢主演的經典電影《倩女幽魂》裡，飾演殺鬼道士的午馬說：「其實做人，生不逢時，比做鬼更慘。」

你本來以為這裡跟學術界不一樣。確實不一樣。沒理由一樣。應該說，原本期待這裡比想像中的環境更好，更值得全心投入，跟志同道合的伙伴開疆闢土，重頭來過，像是普羅米修斯號殖民外太空。可惜，照樣踏上失格之途（而且還失禁）。

又如愛爾蘭小說家莎莉・魯尼在《正常人》——在你看來是英文世界的《人間失格》——刻劃的女主角梅黎安，讀高中時我行我素，社交能力薄弱近乎障礙，與社會主流價值格格不入，但內心異常細膩、敏感。兄長莫名瞧不起她，經常對她施暴，母親竟也默許。校園同儕們酸她、白眼她，嫌棄她是怪咖，想方設法霸凌她、羞辱她，她卻反過來怨怪自己「不正常」。甚至在愛情裡，反覆耽溺受虐的性愛以求救贖。以痛止痛，以暴制暴。

「她痛恨自己變成這樣的人，一個感覺不到有絲毫力量可以改變自己的人。」梅黎安殘忍說道：「人生本來就是一種藝術技巧。」她還叩問：「難道我們生活的這個世界邪惡墮落至此，愛竟然與濫用至極的暴力毫無區別？」

如果可以選擇，你也不想淪落這步田地。

你不過想跟多數人一樣，認分上班賺錢養家，過程中追求成就感，渴望獲得最大公約數的認可，被更多人看重，而不是被看扁、看衰，有錯嗎？還是你太刻舟求劍了？一介卑微魯蛇，態度堪稱（與一般人相近）認真，不論在哪種體制，最低限度的欲望只想達成自我實現（不敢奢想飛黃騰達），該道歉嗎？

就像棒球場上的球員們，一個個拚死拚活奮戰，無非想奪勝，最好來個再見全壘打歡天喜地。可萬一被接殺了或三振出局，哪怕不甘心懊悔，也不願說放棄就放棄。這種使盡渾身解數的心情，每個人在碰上自己最在意的表現時都曾有過吧？

好幾次，抬頭，仰望天空，追問，宇宙間，真的，有神，嗎？（啊，發出這種疑慮的你，感到深深的羞恥）。

想起同樣仕途不順的杜甫，對李白一波三折的遭遇抱不平：「痛飲狂歌空度日，飛揚跋扈為誰雄。」

「士生於世，使其中不自得，將何往而非病？使其中坦然，不以物傷性，將何適而非快？」

求仕不得。客死他鄉。李白。行路難！行路難！多歧路，今安在？大道如青天，我獨不得出。蘇東坡。揀盡寒枝不肯棲，寂寞沙洲冷。李商隱。淒涼寶劍篇，羈泊欲窮年。太宰治。唯有盡力自持，方不致癲狂（拜託不要文謅謅掉書袋，並沒有人想看。並沒有。）

夢一個接一個，劇情越來越猖狂，想轉醒卻無力。到底哪邊才是真的？做夢的你抑或現實的你？會不會從一開始就搞錯了現實和夢境的分水嶺？

夢境四：請回答1Q84之「魏瓔珞救救我」

村上春樹在《1Q84》裡，假借一名孩子被同儕霸凌的母親說：「大家對於自己不是屬於被排斥的少數方，而是屬於排斥別人的多數方，都可以感到安心。啊，幸虧在那邊的不是自己。無論任何時代任何社會，基本上都一樣，跟在很多人這邊時，可以不太需要擔心會遇到麻煩。」

也不是沒聽過這種話：「你還算好了，我在別的地方遇過更慘的呢。」他的地獄不是你的地獄。何況地獄不同層級有不同酷刑。是了，世道艱難，拔刀相助太奢侈，不落井下石已然慈悲。

經歷相同遭遇的人是否更有同理心？也未必（你想想滅絕師太）。劫後餘生，另一人格會浮現，成仙，要嘛成魔。明哲保身。隔岸觀火。

宮鬥劇《延禧攻略》第二集，高貴妃欲逼迫懷有龍胎的愉貴人喝下有毒的枇杷膏，怡嬪連忙找皇后娘娘來解圍，不料被人下套，反讓高貴妃逮住機會，挾「以下犯上誣衊」之罪，在眾人面前掌嘴怡嬪，羞辱之、糟踐之，逼她在宮裡難以立足。翌日，怡嬪果然懸樑自盡。而體制裡階級最低的宮女魏瓔珞知曉內情，欲打抱不平，被張嬤嬤攔阻告誡少說話、多做事，活命最重要。瓔珞脾氣爆，不聽話，被罰跪一日一宿。

瓔珞受罰後非但沒學乖，反而領悟：「怡嬪為什麼要死？如果她不死，尚有一搏之力。就是怡嬪她太懦弱了，別人羞辱她，她就要去死，憑什麼！」張嬤嬤冷回：「堂堂一嬪位被當眾掌嘴，以後在宮裡如何立足。不去死，難道還活著，自取其辱嗎？」瓔珞又說：「換成了我，千萬人的唾沫，我也能唾面自乾。哪怕就是讓我跪著等，我也要等下去，直到真相大白的那一天。」

張嬤嬤無奈搖頭：「形勢比人強，一顆雞蛋怎麼敢去碰石頭？」瓔珞惱怒：「嬤嬤說錯了，我不是雞蛋，我才是那塊臭石頭。」張嬤嬤搖搖頭：「當有一天真的輪到你了，你就知道到底有多可怕了。」瓔珞一聽咬牙切齒：「碰得頭破血流，大不了一死。」

大不了一死。

日常生活不是政治，日常生活亦無處不是政治，所觸所及，皆酷石、皆金剛、皆活跳跳，硬幫幫。從眾效應是樹立霸凌的盤根。體制內人情潮騷，無不捧高踩低，為求自保，必冷眼噤聲或選邊站（西瓜偎大邊）。還記得洪仲丘事件吧，軍隊也是一威權體制，誰不服從命令誰倒楣，誰不乖乖聽話誰該死。重重黑幕闔上，局外人越看越瞎，驚悚不遜於紫禁城有道是，意識型態上自以為很純潔的人，現實裡經常躲在純潔的背影下倒行逆施。「可是人總是髒的；沾著人就沾著髒」——張愛玲〈第二爐香〉裡的寡母蜜秋兒太太，對二位女兒愫細和靡麗笙採取了自以為純潔無瑕的「愛的教育」（不過是洗腦），到最後拿「色情狂」標籤作罪狀，強壓女婿淹沒在流言酸沫退無可退、走向自戕——人言可畏，明明無傷大雅。明明錯不在他。

一個人以自己的價值觀把另一個人羞辱到體無完膚，任他不見容於世，與判死刑何異。

德裔政治理論思想家漢娜・鄂蘭說，這叫平庸的邪惡，「在政治中，服從就等於支持。」在希特勒政權中擔任納粹軍官的阿道夫・艾希曼，曾拱手把數百萬計的猶太人推入火坑，納粹倒台後，他四處流亡，一九六〇年被以色列特工綁架，隔年在耶路撒冷受審。漢娜・鄂蘭接受《紐約客》邀請前往採訪審判過程，寫成《平庸的邪惡：艾希曼耶路撒冷大審紀實》。

阿道夫・艾希曼被起訴謀殺罪，但他堅持不曾下令殺過任何人，不該入罪。確實，他平時不仇視猶太人，在家裡是賢夫慈父，在殺人機器的體制內，則是「奉命行事」的螺絲釘。鄂蘭如此評價他：「並不愚蠢，只是缺乏思考能力——但這絕不等同於愚蠢，卻是他成為那個時代最大罪犯之一。」又說：「艾希曼在臨終一刻，似乎總結出我們在人類漫長罪惡史中所學到的教訓——邪惡的平庸性才是最可怕、最無法言喻、又難以理解的惡。」

忘了是在哪一本外國犯罪小說看到的說法，有些人施展同理心，未必基於純粹的利他主義，他們甚至無法感同身受當事人的悲苦。只有當別人的不幸恰好折射出他們自身的困頓之時，他們才會關注一瞥。

魏瓔珞這倔驢之所以令觀眾激賞，正因現實不存在。每個人多希望自己是魏瓔珞，敢於雞蛋碰石頭，或成為一塊臭石頭硬到底。我們多希望自己孤立無援時，身邊有一個魏瓔珞拔刀相助。可嘆，現實體制誠如新官上任、忙著形塑威嚴名聲的法官開庭，沒有人敢對其審判結果發出異議。

所謂真相，大抵像乾冰虛有其表。

謹祝闔家幸福安康

戲終究是戲。誰也當不了魏瓔珞。更不會是別人的魏瓔珞。於是你終究是窩囊的獨孤求敗。外面炎陽籠罩，心酸不欲人知，唱鎮魂歌，有人已經在人間失格，也有人預備在人間失禁（來不及包紙尿片）。

有段時日，心裡胃裡七上八下，恐懼接獲家人來電——尤其母親的情緒勒索——害怕聽見，壞消息。沒經歷過的人以為是天方夜譚呢。有回，你被退了稿，恰逢母親憂鬱病發，大清早又打電話來哭鬧，嚷嚷自己不快樂，想一死了之。

你長期被職場負電波干擾，腦神經衰弱，夜不能寐，白日纏心，三不五時還得應付如今這般慘局。你不是不孝，不是沒有同理心，更不是沒有溫柔體貼，但，有時候你真的好想、好想逃到月球去。好希望自己是一個孤兒，命運好壞都是自個兒的事，不用誰來拖累誰。

面對母親病症中的情緒勒索，你通常會想方設法安撫，這天，卻悲傷憤怒到失控大吼，想把內在所有不安和委曲全還回去，像是哪吒剔骨還父、削肉還母那樣：「要死大家一起去死！我活得也不快樂啊。我羨慕別人家小孩要嘛先天有依有勢，要嘛後天順風順水，做自由喜歡的事都會成功，不用煩惱家裡沒錢，也不用擔心家人有各種毛病。我拚了命階級流動，到頭來一場空，前途全斷了，我還能怎樣？」母親聞畢，喉頭僵硬無語，像是喝下液態氮。

中子星爆炸，血肉橫飛。

履歷無一是處的男人，只能埋怨命運多舛，彷彿想藉此減輕扛在肩上沉重的罪惡感。始作俑者不願承認自己才是悲劇的十字架。

為什麼是你？為什麼你沒資格像別人一樣幸運？伸手搥牆，反覆搥，用力搥，搥到破皮，紅腫，流血。心碎了，肉體再不覺得疼了，給這廢物多一點打擊吧，再痛一點，請噩運一次大出清，反正爛命一條！

達爾文效應。氣弱者會吸引更殘酷的生物前來蹂躪。不能絕望，不能倒下，要用實力證明自己不是廢柴啊。從頭至尾球員兼裁判的比賽，不想輸，卻又不屑乾坤一擲戮力競爭。

失心瘋不知多久時間。時間在剝蝕的牆壁上滲血，血裡有汩汩的淚。沒有鹹味的哭。到不了岸的魔鬼魚在竊竊私語：「去死吧。活著沒洨用。快點去死吧。」魔鬼魚不消停，費盡氣力你只能游到虛脫。眼淚把鍵盤一顆一顆醃成泡菜，吃吧、吃吧，把不順眼不得志不被珍惜的字屍全吞下肚。

顯然是窩囊廢，但沒關係啊，你已預先抵達死亡咽喉了。除了家族的嗚咽，你還聽見時間在負傷之後回傳的加密訊息，那是死亡對你一個人的招魂。看呀，那些坐享高位爭慕虛名的人還忙著排隊拿號碼牌，一面瑟瑟發抖，懼怕失去眼前的功名利祿。你比他們更不害怕。

你不怕。人生錦囊妙計不再奏效。悲劇掩護悲劇，只剩下奄奄一息的潮騷。你不怕。該怕的是他們。

珍重再見。

謹祝闔家幸福安康。

不要絕望，在此告辭

窩囊廢偶爾也想活得有尊嚴。

有陣子在採訪現場，像踩在蛋殼上顫顫兢兢，隨時會暈倒。懼怕冷場。記者體溫不能比受訪者更冷，得戴上面具巧笑倩兮，美目盼兮。回到家，卸下人皮，你是氣弱的鬼，是叫天不應叫地不靈阿鼻無間地獄無窮無盡無日無夜的枉死冤魂，筋疲力盡搜索枯腸，寫不出稿子，失眠，採訪不順利，失眠，被大退稿，失眠。

同事間一個個壓力罩頂，沒有誰有義務分擔或諒解誰的苦痛。有一女前輩看穿你的鬼臉，主動關心探詢，你簡短敘述，她聽完嘖嘖訝異：「真難想像你家出了那麼多事還沒崩潰。」

家事太陰森，職場太世故。友誼如蟬翼（易碎），愛情如夢（易醒），職場人際如煙如雪（易聚也易化），得失心如點閱率（易起易落），工作實力如蟻如獅（易自傷易傷人）。那又如何?凡世間所有事，終歸徒勞無功。

精神繃到潰堤邊境。為了保住最後一點真我，忍不住提了離職，遂心所願。伊保伊的江山，你保你的真性情。離職當日，幾位同事坐在位子上，你一一擁抱道別，其中一人應是害羞，推辭了，半晌，又發揮精湛的挖苦術：「我怕沾染到你的負能量。」

你無力回嘴。盡可能不露滄桑地淺笑著。

幽他人之默的分寸，跟新聞倫理同樣捉襟見肘。此處不留爺，但你毋寧樂觀告別。茫然憶及太宰治所言：「如果生命猶存我們來日方長，打起精神來吧。不要絕望，在此告辭。」（さらば読者よ、命あらばまた他日。元気で行こう。絶望するな。では、失敬。）

別沮喪，別失意，要自愛，就算痛苦也要努力活著。千萬別動怒，沒必要生氣，要大口含笑揚長而去。「嘿，諸位，我先走一步了。」誰人註定永遠一帆風順？誰家天天張燈結綵不死人？

他人是地獄。你不入地獄誰入地獄。

他人只是還沒抽到鬼牌。

衰得像一本太宰治

近幾年你衰。

頗希望像迪士尼動畫裡，黃色小熊維尼式、面帶毛絨絨憨笑卻揮不去八字眉的那種甜中帶一點點衰愁。可惜並不是。沒這麼娛樂化。是職場（不逢青眼人），志業（前途無亮），家庭（兵敗如山倒），人際（八花九裂），由上到下從裡至外，衰到彷彿一整個抄家滅族，發配邊疆，流放寧古塔的慘態。

衰起來，就像一本太宰治最厭世、最苦無救贖的小說。《人間失格》或《斜陽》，至不濟也該像〈維榮之妻〉、〈東京八景〉那樣抽刀斷水水更流，每一招直戳死穴要人命。

衰它不分長短遠近，衰它沒有時間性和空間性。衰很莫名其妙，沒有先來後到的時差感，卻有擬人化的隨心所欲不捨晝夜，想賴就賴著不走了的全知視域和頑抗毅力。它既像神又像鬼，不降福不賜罪。但當它心血來潮考驗哪個誰誰誰對世界的黏著度是否不夠堅貞卓絕，哪個誰誰誰便一下子磁極相斥被推播至北極南極皇帝遠。

你衰故你在。

人一衰起來，管不了三七二十一，所有動詞名詞和稱謂屬性都可以就地起價、拱手讓人。管不住是阿門或肛門，阿彌陀佛或阿育吠陀，觀世音還是觀落陰。衰比世間造化本身更讓人警覺出造化的鞭短可及，及其惘惘間的殘酷驅力。

衰不讓人明心見性。它讓你蒙昧無知而不察，它讓你不得其情仍哀矜竊喜著。所有不足為外人道的潛台詞三兩下被一語道破。所有揀盡寒枝不肯棲的成全與委屈，都成了孤僻討人厭的藉口。不是地藏王菩薩，但你不入地獄誰入地獄。偏偏地獄也想惡搞一下，不讓你按電梯般想停在哪一層就乖乖停下來。它不是芝麻不隨便開門。也不是菜市場，不給人討價還價的餘地。

在所有衰洨屏障裡面，最不可一世的是電梯剛剛好故障。剛剛好，被迫停在不屬於自己業障範疇的那一層，進無路退無谷，烙下不知名的罪印，栽了不應當的果報。衰衰相報，上刀山下油鍋也只是睜眼閉眼間如挖鼻屎之小事了。

所謂的大事是什麼鳥呢，衣冠禽獸都不衣冠禽獸了。有人居然問你說，「哀莫」為何大於「心死」？哩嘛幫幫忙，卡拜託咧，哀莫跟心死是同級屬性的詞彙嗎。哀是哀，莫是莫，哀莫不親又不戚，標點斷句傻傻分不清。

你相信人世間有些幸福永遠不屬於你的。也有些好事向來不費吹灰降臨在他人頭頂髮膚。有人做牛做馬迎來榮華富貴。也有人路邊板凳納涼便坐享天降甘霖。而你是做狗做貓了卻水潑落地歹收回，一味茫茫到深更（挫咧等）（接著挫青屎）。

有人跟你說，你時運低，應該多去廟裡燒香拜拜（兼收驚）。你才不。管祂大神小神，你呸，管祂是哪一類偶像，你呸。你近廟欺神，都呸，都呸。這瀕臨不惑的人生GAME太嗨咖、太刁鑽，你再也PLAY不起。

就像一夕間罹患絕症的人，都會發自內心追問老天爺一句話：「為什麼是我？」為什麼是你？為何一干壞事落你頭上？生平無大志，也未喪盡天良，為何偏偏衰不可擋？

人貴自知（甩瀏海）。若世間有人是德不配位，必有人是衰當其位。萬般皆自找，恥辱不由人（活該怪誰呢）。所謂衰洨三尺非一日之魯（蛇）。人必自魯（蛇）而後人魯（蛇）之。

宗教有一種輪迴觀，說人無法在今世得利，所有紅利的累積留待來世回饋。而今生呢，今生必須是償還前世債務（業障）的死線，沒還完不准你好死。個人造孽個人擔的意寓。燒香拜佛也無效，命即是命，已在陰德值的損益平衡表上清楚註記。管你再怎麼豢養紫水晶、玩奇門遁甲、風水寶地改運修德，亦枉然。

這才是真正的，哀莫大於心死。

某回於某偏遠校園聽聞某人分享。他說起某位被性騷擾的女大生，在採訪過程中不斷支吾迂迴，繞來繞去卸不下心防。言下意，是覺得對方答應受訪了還故作矜持。你當下一愣。性騷擾是身心創傷，難以對人言，何況在來歷不明的陌生男子前自揭傷疤——天底下沒有誰，非得為了一篇報導（及其後注入的點閱率）對誰掏心掏肺。

採訪者有義務想盡辦法，給予受訪者安全感，盡可能以最大的誠懇取信於人，讓他們無所罣礙地傾訴內心的痛苦與悲傷。至於傾訴節奏、程度、追問細節與否，必須斟酌當下情境，對方是否情緒崩潰，是否泣不堪言等等，都是專業倫裡該考量的職責。而不是滿腦子劍及履及想達陣。

有些受訪者苦惱刊載後的立場，怕周邊人士看了尷尬、難過或發火。沒關係，下筆協商一個彼此可接受的分寸，哪怕少了些點閱。為受訪者設想，拉防火牆，某些敏感隱私保留不寫無所謂。沒必要為了一篇報導毀人一生。師父要聶隱娘趕盡殺絕，她不殺，自作主張留下活口。師父有師父的業，隱娘有任性的權。

平日待人處事，自認還算得體。與人相約，重諾不寡信，從不遲到（到頭來永遠在等人）。每回出差，幫忙訂房訂餐買咖啡，路途交通大小事全搞定。有位同事常年胃疾，餓不得，怕生理影響工作表現，只要一同出差，你總會在背包裡備妥乾糧。小動作不是為了當暖男，純粹出自同理心。這份同理，也發揮在受訪者身上。採訪是雙向互動，你的所作所為是獵奇煽情或真心誠意，對方不笨只是不說破。

然而活到某年歲，愕然驚覺，心腸再暖，努力再多，同理心再大，又有何用呢。除非得天獨厚勝利組，要嘛貴人相罩反敗組。否則像聶隱娘這一類人的下場幾乎不得好活。

良辰美景、賞心樂事，皆在誰家院，不似你家這般都付與斷井頹垣。你看看你，從裡到外沒拿過一副好牌的衰仔，家破人亡了，經濟拮据了，已夠困蹇，最倒楣的時刻，連交情匪深的傢伙結個婚，也會被團體壓力情緒勒索，包出根本不想包的紅包（一個連喜帖都沒發的婚宴，會有誠意？會好玩？事後非但沒致謝，喜餅也沒補送）。

這還算小事。最恐怖的是在殘酷的體制內無數不可告人的不可理喻，感覺起來好像是在大腿上綁鉛塊，泳渡太平洋比賽。換作是抗壓力低的傢伙（比如太宰治），早就不知自死幾回，屍體僵壞如廢鐵了。

於是有陣子你萬念俱灰，再也、再也不想行善積德。南無阿彌陀佛，南無觀世音菩薩（有何用，根本不保祐你。真心期盼把『祐』改成『佑』，但你也沒貴人相罩，字典裡只剩下孤伶伶的一個『右』）。拜託請保右你。哈囉，借問還有誰，可保右你仕途平安、不再受命運左右（回聲是一陣冗長的雜訊）。

乾脆短視近利只看今生今世，誰管來世靜好小團圓。反其道而行，想悖離宗教誡律原理。不在任何神祈面前參拜，不奢求消災，不盼轉運。血是怎麼冷卻的？把心放入冷凍庫，讓它一天寒似一天（而且不許拿別人的血來暖自己）。越過道德的邊境，你要走過哀的禁區，鋤弱扶強，胡作非為。然而怎麼胡、怎麼非？

車無輪馬無轡，叫聲將軍提防提防。行不正坐不端，心中有鬼也無愧。前提不殺人不放火，但凡原來的你不想做、也不敢做的小奸小惡都要盡力去做。

不再定期轉帳給公益基金會，寧願大吃大喝或做色情按摩。不再動不動心軟如泥，為事不關己的苦痛掉眼淚（把他人悲傷留給他們，你的哀洨讓你帶走）。走過路邊老殘窮哀哀叫賣玉蘭花或口香糖，不再駐足掏錢，正眼也不瞧。朱門酒肉臭，路有凍壞的浪浪，撇開頭，不再買罐罐餵。

隨手亂丟垃圾。邊走邊吃。當一個不清潔的人。約會無故遲到半小時以上。刷爆手上每張信用卡。當一個沒信用的人。臉不紅氣不喘，投票給唱作俱佳的投機政客，當一個政治不正確的人。爾後上社群媒體貼文，自詡人道主義（好棒棒）討拍，當一個十六面玲瓏的人。

約厭世者一起在炒房地段頂樓殉情（然後自己僥倖獲救），逼豪宅一秒變凶宅。對著邊走路（或邊騎車）邊抽菸、害路人罹患潛在性肺癌的臭菸槍比中指。對隔鄰不顧他人死活製造噪音、養小孩如養寵物不管不教的恐龍家長潑其大門以馬桶水。幫劈腿偷吃的前任在清明節訂五十個大批薩（買大送大共計一百個）。

從今而後自私自利，做一個不折不扣的ㄐㄧㄢˋ人。你冷若冰淡若水，誰欺壓你咱走著瞧。管他什麼君子固窮，小人窮斯濫。你敢發誓你口嫌體正直，只願在這衰運連連無天無地的節骨眼，任繁花淪盡，在黑色深淵中開出一叢叢衰草來。

名不正言不順，你是天邪鬼（在日語中，意指跟多數人思想、言行作對的扭曲者），是庶出的野狼，想塗炭所有生靈的快活與昂揚。願無間阿鼻地獄恆久不空不盡，凡被衰運吞噬者，立地成妖成魔。

禪宗三祖僧璨說：「至道無難，唯嫌揀擇。但莫憎愛，洞然明白。」可惜瀕臨不惑之年如你，有憎有愛有大惑。

你惑故你恨。

恨到封頂了，哪怕今生衰得像一本太宰治，下輩子投胎轉世可不可以，拜託讓你也爽得像一本村上春樹？你想站在雞蛋這一邊，偶爾也想站在高牆那一邊。在這之前，應該先當一隻硬幫幫的雞，還是先生下硬幫幫的蛋？雞蛋撞石頭，誰疼誰會破，還未可知呢。

性愛運勢如村上春樹，室內戶外上山下海男生女生都可以。食欲旺盛，今晚什麼都給大爺來一點。體能超人，每天早睡早起，跑馬拉松，寫怪怪的但很多人買單的小說。鳥不飛也硬若磐石。沒有黑眼圈。沒有隱睪症或攝護腺肥大。尿尿百分百一直線，不會滴滴答答落在馬桶蓋。憂鬱症閃邊去。暴食症退散。無依無勢的拖油瓶撤離地球表面。

於是乎，終於得以做一個堂堂正正、頂天立地的男子漢。真的（你發四）。不衰的時候，你也可以鋪橋造路，剛毅木訥（扮豬吃老虎），日日敦親睦鄰（手忘相助），愛人如愛己（但你有你的，我有我的方向），出口成章（髒），舉止文質彬彬（欠人釣）。

失格敗類並不是一天養成的，所謂的高人一等（勝利組）卻很可以。靠杯靠木族最贏，魯蛇想脫魯，你門兒都沒有。「有錢的話，我也會很善良。」奉俊昊的電影《寄生上流》如是說。

不衰的話，你也會很善良喔。

輯三——逆行

鬼滅與人情

最近迷上日本著名動漫《鬼滅之刃》。故事一開端，家住荒郊的「竈門炭治郎」馱著一筐木炭去鎮上販售，回家後赫然發現，母親及幾個年幼的弟、妹已被惡鬼屠殺而死，徒剩下一個被鬼咬傷、變成半人半鬼的妹妹。

炭治郎因離家賣炭而逃過一劫。為了尋找將妹妹復原成人的解方，他入山拜師，刻苦修行多年，鍛鍊出「日輪刀」和「水之呼吸」壹之型等祕技，最後加入「鬼殺隊」，成為獵鬼人。故事的推展，便是炭治郎、鬼妹妹和幾名隊友一起狩獵惡鬼的冒險歷程。

殺鬼救人，是獵鬼人絕無旁貸的職責。炭治郎從少不更事的青年被迫一夜長大，培養卓越的武技和勇氣，取得手刃惡鬼的合理性，等於握有了對他者（鬼）的生殺大權。

這種越級打怪的劇情，總令人想起新聞上買彩券一夜致富的人，稍有不慎，就放浪形骸破產了。能力越大，責任越強，一下子擁有太多，怕失去的更快。也令人想起古代帝王駕崩，太子迫不及待登基，想掌握權力核心。

這也是為什麼，中國古代思想典籍如孔、孟、老、莊，總是諄諄告誡為君之道，需謙躬自省。鞏固君權，必得兼顧仁義道德，所謂「己所不欲，勿施於人」不是陳腔俗套，而是同理心的實踐。權力階級若不懂反躬自省，往往傲慢自矜，恣意霸凌他者。

現實世界中，充斥無數不弱於《鬼滅之刃》裡「跟鬼打交道」的關卡。比如職場裡，人人心中都上演過一齣「屍速列車」：掌權者的權力欲像棉花糖膨脹，爭功諉過，明爭暗鬥，情緒化發號施令。又或者，徇私偏向所垂青的對象，揚其長，避其短，再拉另一不看好的參照組，揭其短，隱其長。青菜蘿蔔各有偏好，本無可厚非，但畸輕畸重，日久失人心。

近年流行檢討「你的孩子不是你的孩子」，倡導父母終該放下控制欲，放飛孩子自由。有些專斷的父母，把孩子視為自己意志的延伸，等孩子長大了，爬上一個位子，握有權力，也不自覺複製威權，視他人為意志的延伸（高處不勝寒是吧，但總比低處無不是孔竅任人戳弄來得好）。然而人際朗朗，乾坤有時，誰吃了虧天曉得，一報總有一報償。

握有宰殺惡鬼權力的炭治郎，對應職場角色，也算一介主管。可他不僅對人抱有同理心，對鬼亦然——對痛改前非、對身而為鬼感到痛苦的鬼，他不隨便踐踏，因為「鬼也曾經是人類。和我一樣，他們曾是人類。」——這便是「己所不欲，勿施於人」的體現——對炭治郎而言，鬼並非醜陋的怪物，是空虛又悲傷的生物，無需弱弱相殘。確實，回顧《聊齋誌異》或是日本怪談傳說裡，人心的恐怖殘忍永遠更勝於鬼怪的殺人不眨眼。

每個惡鬼生前皆是活生生的平凡人，可惜江頭風波惡，人間行路難，心寒了，身死了，終於墮入鬼道。生而為人，少不了糾結矛盾的難題，人的難題，成了鬼還是忐忑，執念始終放不下，依然利欲薰心，照舊執迷不悟，下場恐怕比死不瞑目更煎熬吧。

那些惡鬼一旦被炭治郎斬首，形體會馬上灰飛湮滅。有一惡鬼，被斬了頭奄奄一息，炭治郎卻嗅出一股悲傷的氣味。原來，惡鬼生前不過是一孤獨膽小的男孩，因幻化成鬼而不知所措，躲在暗地哭泣。此時，炭治郎伸出雙手，緊握惡鬼即將消失的右手，向神祈禱，別再讓這傢伙變成鬼。惡鬼聽見了，內在小男孩的形象呼之欲出，隨即望見遠方射出一道光芒，他在黑暗中攫獲了救贖。

除此以外，炭治郎殺完了鬼，還會閉上眼祈禱，予以誠懇祝福：「請早日成佛吧。」他不因握有一把利劍而驕其武藝。當手毬鬼死在他刀下，他看見了她被惡鬼首領「鬼舞辻無慘」慫恿欺騙的可憐。她不斷被要求與人類戰鬥，苦無救贖，死後也消失得屍骨無存，永遠看不穿內在的靈魂。他洞悉她的心，溫柔說道：「她就像小孩子一樣，可是卻殺害了很多人。」

又在林中鬼屋裡，遇見以「擊鼓攻擊」改變房屋結構囚困住人類的惡鬼「響凱」，戰鬥過程中，炭治郎被對方使出的必殺技擊落，墜地之前，他刻意閃避掉落在地面上的一張張原稿紙（那是由響凱執念化成的殺人利器），響凱發現了炭治郎的同理心，在一陣內疚中獲得了洗滌。

奮戰多回，炭治郎在即將斬首響凱的前夕，佩服地說了一句話：「你的血鬼術真的很厲害。」炭治郎善解人意，也能體察鬼心。他明白響凱生前念茲在茲的渴望，不過是被人肯定罷了。斬首響凱之際，那句發自肺腑的誇獎，徹底破除了響凱由人變鬼以來累積的所有遺憾和怨恨。

行將魂飛魄散的響凱，回憶起生前，只是一個寫不出名堂、遭人輕視的作家，有人曾大剌剌在他眼前冷言冷語：「你寫的東西真是無趣，所有的一切如同垃圾。」語畢，再不屑地用雙腳踩過他傾盡心血的原稿紙。於是他下定決心，化成厲鬼報復人類。血是怎麼冷卻的？人是怎麼踏上惡鬼途的？還不都是體制裡的同類苦苦相逼害。

在「那田蜘蛛山」斬殺蜘蛛女鬼時，炭治郎也察覺了她作為傀儡的苦楚。戰敗時，蜘蛛女鬼放下雙手纏結的蜘蛛網，一臉覺悟說道：「我死了就能得到自由，解脫了。」言下，渴望死在炭治郎刀下。原欲使出終擊斬殺的炭治郎一見狀，立馬變換招式，讓蜘蛛女鬼被斬首的當下，能體會旱天甘霖般的感受，毫不疼痛地死去。

古代詛咒有不共戴天之仇的人，習慣罵人「不得好死」。即便是惡鬼，炭治郎在最後一刻察覺對方不無傷感的懺悔，哪怕只有一絲，也會馬上溫柔相對，給對方善終的機會。

另外讓我印象深刻的是，當炭治郎和同期的鬼殺隊士「嘴平伊之助」忙著聯手斬殺蜘蛛女鬼時，另一位隊士「我妻善逸」在森林迷了路，膽怯著哭哭啼啼，遇到人面蜘蛛鬼的當下，他嚇得歇斯底里大吼大叫。發現自己被蜘蛛咬傷後，他害怕過不久也會中毒變成人面蜘蛛鬼，於是傷心地躲到樹上啜泣。

恍惚間，時空倒轉，當年他在爺爺（師傅）底下修練劍術的場景。因為壓力大，他忍不住躲到一棵大樹上抱頭痛哭，爺爺在底下厲叱：「不准哭、不准逃，你的行動毫無意義。」善逸醜哭回絕說道，自己私底下經常偷偷練習，可是真的撐不下去了，「再繼續修行下去，我覺得會死。」

恨鐵不成剛的爺爺聽了，狠狠咒罵他笨蛋，這一點程度哪會死。說時遲那時快，一道天雷劈中了善逸，在摔落地面、失去意識前，他吐槽著，真是受夠了這人生，晴天霹靂，竟連頭髮顏色都變焦黃了……

時光一下子又跳接回此刻。正被許多隻人面蜘蛛鬼追擊而躲上樹梢的善逸，不甘心地泣訴：「我是最不喜歡自己的人，我一直都知道要好好努力，可是我會害怕，會逃避，會哭，我想要改變，我想成為有用的人。可是，其實我已經盡全部努力了，可是到最後卻要掉光頭髮變成怪物嗎？騙人的吧？騙人騙得太過火了吧？」

崩潰到極致的剎那，他驟然失去意識，在昏睡狀態下發展出另一個人格，居然敏捷又果斷地使出必殺技「雷之呼吸」，三兩下斬殺了口噴毒液的人面蜘蛛鬼。

後來這成了一種固定套路。現實中的善逸，自信心極度缺乏，動輒自我否定，每每在作戰過程中恐懼到了極點之時，會突然陷入昏睡，從解離性人格中發揮出驚人強大的即戰力（概念頗像《名偵探柯南》裡沉睡中的毛利小五郎）。

善逸斬首人面蜘蛛後，遍體鱗傷仰倒在空中樓閣的屋頂上。即將毒發的他喃喃說道，自己做了一個幸福的夢，「夢裡我很強，比誰都要強，我有能力幫助弱小的人，以及遇到困難的人，我隨時都在助人，爺爺教我的事情，他花在我身上的時間，並沒有白費。那是多虧爺爺才變強的我，幫助了許多人的夢。」

看著看著，我也忍不住作了個夢。在夢中，那個滅鬼又有人情的炭治郎，以及軟弱又堅強的善逸，讓我在明知是日式電影習以為常的熱血公式中，默默流下淚來。

就像太宰治說過：「不幸的人，對別人的不幸很敏感。」但願自己，將來在某領域有所成就之際，也能效法炭治郎那樣溫柔待人，而不是變成仗勢欺人、令晚輩憎惡閃避的前輩。更期盼自己像善逸那樣，在面對內心的軟弱頹廢之後，終能拋開一切的奚落和羞辱，以超越自我的方式揀拾自信，發揮實力。

但願所有夢的結局都慈悲。

但願那慈悲不僅止於夢中而已。

沒出息

手機螢幕上，藍光橫了心閃爍不滅。舞台景深已懸妥一根預備收縮的吊繩，不打算放過絲毫動靜。它不依不饒，在我決定按下通話鍵以前。

有陣子超害怕接獲妹妹或父親的來電，害怕到胃抽筋。心情就像是等待報喪的未亡人。我甚至滿腦子止不住殘酷臆想，為何自己不是一個浪跡天涯的孤兒。

對於孤兒感到抱歉，孤兒一定也有孤兒的煩惱。但或許，孤兒無須害怕分崩離析，從來沒有過的東西就寧願沒有。孤兒不必日夜懸心，不用對無常弔膽，繁華事散逐香塵，流水無情草自春。

血緣背負著羈絆，如此這般拖泥帶水，如咒念，似遠似近迫降。即便在盛世，日常片刻也無處不是殺機。何況當今是病毒橫行、叫天不靈的凶年。

母親再也不是從前的母親了。

罹患憂鬱症三年多。說憂鬱，其實更接近躁鬱。這段時期，家裡幾乎天天像是七月半，鬼門隨時隨地說開就開。誰都沒有笑了，缺乏清亮明淨的音符，勉強有，笑不出聲的嗓子也是一種詠歎調。空虛的、絕望的，只剩下電視機第四台斷訊沙沙的背景音。電視機沉默時，空氣裡熬不住朝不保夕的暗示。誰叫這是拋棄了柴米油鹽光合作用的，未死先屍的活鬼屋。

這般節骨眼，哪怕有一點感傷，也不若年少不識愁滋味那樣優裕的愁。它更酸慘，更寒傖，不是虛榮就是虛胖。生活中任何創造性的立意飄蓬，都在轉眼間渺小腐朽。

母親不定時發作。固執，癡拗，誰也壓不過。不肯服藥，不煮飯不洗衣，足不出戶，不聽人勸慰。萬念俱息，往暗地裡作死。我知道她心底渴望當一個完美主義的好母親、好妻子、好媳婦，但現實多刺又多骨，決絕的姿態不容簡易咀嚼。倒是何苦。

父親脊椎二度開刀，背影餒了一截。母親的精神暴力，多半宣洩在他身上。她發作的時候他多半沉默，她見他沉默，又覺得他不理解她心有多苦，便努力加倍奉還。當然一切可以推託是病症所致。然冰凍三尺，積怨已深，母親在婆家沉塞數十年的情緒瘀傷，藉晚年病症一次出清。

夫妻冤冤相報讓人發凜，幸好我不曾也不想走入婚姻。父親前陣子羞怯對我說，自己好像也有憂鬱症了。父親很少叫苦喊痛，在木工現場工作再辛勞也鮮少對家人抱怨。年過六十的他難得向孩子示弱，說自己恐怕也患了未解的病。父親經常哭。不知是否被荷爾蒙影響，我印象中，晚年的父親比起母親更多愁善感，更軟弱不定。

他開刀住院那陣子，我陪病在側，那是我第一次看他沉睡的面容，說沉睡不恰當，應該叫浮睡。白日裡肉體勞動的疲倦消化不良似的，糾纏成夢魘。他眉頭像茶葉皺得緊緊的，彷彿一種隱喻：要是努力多皺幾下，錢就會一張一張從腦袋裡擠兌出來，該有多好。

底層營生的人，光謀生已耗盡精氣，不曾也不敢奢想什麼異國旅行、放鬆休閒那樣子的豪華。衣褲從沒乾淨過，永遠沾滿汗漬、木屑、有毒溶膠漆類塗料，胸肺日復一日像吸塵器黏滿了木屑和粉塵，腰脊筋骨更因長年扛馱木板建材而被壓彎、扭傷、提前衰朽——

家庭墮入黑洞的徵兆，約莫是短短幾年前。祖父母二人相繼中風、失智、摔斷雙腿、癱座輪椅過後，整個家族便開始土崩冰裂。沒有選擇餘地，像被迫陪葬秦始皇陵的兵馬俑，所有生機和笑聲一夕曠絕。

父母親住在祖父母斜對面，同一條巷子，聲息相臨，任何風吹草動，外籍看護便衝上前拍門討援。老人家晝夜失序不眠不休，像小孩子鬧脾氣，或突發病痛緊急送診，或外勞所需採買下廚食材，諸如此類大小事，不難卻煩。

同一屋簷下的父母親，如同在蒙古草原上奔馳的馬匹被獵捕後拴進公寓桎梏，惴惴不安又無計可施。很快的，母親便狼人遇上月圓之夜那樣，悄悄異變了，食無味，睡無眠，頭疼怏怏，身體乏力，看什麼都不痛快，什麼都想要管，什麼也管不住。

父親的手足們住外地。母親確診後，父親各手足商量每兩週輪流買菜回家，兼省親，偶爾也肩負醫院送診往返的車務。手足各有家庭，妯娌各為己利，誰做太多、誰做太少，比例間如何劃分很難百分百公平，尤其牽扯到公款，更是糾纏不清。

母親長年與公婆相處，總認為自己吃最多虧。病症讓她鑽牛角尖更甚於以往，幾度情緒逼湧，叔伯妯娌便爆發爭執，到最後病況愈烈，著實不願手足失和的父親夾在中間難為又難解，一逕沉默束手。

母親見狀更加惱火，覺得丈夫不疼老婆，不若其他叔伯不管是非黑白都先護短到底。她越想越氣不過。嫁錯了人，委屈堆了柴，只差一叢火星就可以燎原，燒它個玉石俱焚。

長照壓力已是精神凌遲，母親不肯、也不知如何放過自己，情緒堆疊情緒，野火燒不盡。下場是兩敗俱傷。父親心底憋得慌，母親積欠滿肚子怨，恨得慌。

眼看兩人傾倒了，一把火順勢燒延到我身上。幾度央我出面在眾叔伯妯娌間斡旋，協商中還被各種言語諷刺：「你爸媽的事自己處理，輪不到你一個『小孩子』出面。」華人傳統喜歡拿輩分壓人，在家庭或在職場都不乏這種伎倆。

我不曾在家族親友面前發聲，為了捍衛父母親，被逼急了，砲火隆隆：「姓黃的兒孫沒資格出面，試問嫁進來的誰才有資格？假如今天我爸媽任何一人因為這事倒下，病垮了、氣死了，責任不也轉嫁於我？」一干人等的口舌波浪瞬息退潮。

好幾度，我在類似的火爆場面上筋疲力盡，母親依然沒有好轉，依然作繭自縛想不開，我乏術了，水銀被關鎖在狹長溫度計裡那般欲振乏術。

然後自己長年在職場遭受不可理喻的坎站，苦悶巨大無人知曉，為了賺錢，忍抑出內傷。不能改變環境，就嘗試改變自己。我恪盡本分，也確實在客觀上表現不俗，但，終究船過水無痕。階級體制不是黑白棋盤的攻防，沒有絕對的是與非，只有磁場和頻率。

為了幾萬塊錢薪水，值不值得這般自我作賤下去？幾經煎熬，終於還是鐵了心離開。

如果現實世界也像池井戶潤的小說就好了。他描寫一系列企業黑暗面的故事裡，弱勢的一方被掌權者百般刁難、歷經刻苦磨難之後，總能在結局反敗為勝，狠出一口惡氣，令人讀來血氣奔騰，卻少了真實感。

現實裡的職場，永遠不可能有人敢像半澤直樹那樣，面對銀行內各種不合理的事，人人避之唯恐不及，獨他不惜違抗上司也會勇往直前，並堅持以牙還牙、加倍奉還。大快人心反映在迭起不墜的收視率，恰好諷刺地證明了現實裡，小蝦米難敵大鯨魚的悲哀。

我終究跟大多數人一樣，選擇了消極逃避。

怕母親大受刺激發病，返鄉過農曆年，離職一事隱而不表。年後不久，在台北接到電話，說她股票被套牢，想跟我借十萬元。平常簽六合彩、打麻將也就罷了，我讀大學時，她也曾被股票市場套牢，慘賠不少。那筆錢，拿去投資竹北市區房地產都有著落，也可讓我們脫離這鳥不生蛋的窮鄉僻宅。

窮人窮忙，卻總是相信命運可以翻身。終究沒那個命啊。賭徒到頭來還是賭徒，賭徒的孩子們註定瘸了飛黃騰達的夢想。

承平時代，不見烽火動盪，沒太多戲劇化。台商回流，經濟再景氣也富蔭不到這一家子。賭博給人一種幸福從天而降的幻覺。也給人階級流動唾手可得的妄念。相較之下，機會比命運更容易跳脫秩序。脫序，意味著神明閉上眼打瞌睡，窮人唯有在這種骰子和骰子撞擊滾動的縫隙，得以體會「逃過一劫」或「那些痛苦與我無關」的倖存感。

賭博有望（只是有望）治癒一段無愛婚姻裡的窮極瑣務。它暫時修剪了現代女性卻背負古典枷鎖、逃不走也回不了頭的拖磨。現實裡的理性，在遁入了賭局，變得感情用事，義無反顧。不酗酒的暮年婦女，無伴無話，只有賭博這一閨密，替大腦注入痲醉劑，日復夜，夜復日，長昏不醒。

聽完母親調頭寸的話，我在電話裡無聲，心底一陣恐怖，怕開了口就是劍。因為懂得，那保守主義的難為情，所以開不了口。好不容易賭氣似的淡然以告，我已經辭職了，現在沒薪水，僅靠一點存款過活。話鋒一轉，又數落起她為何總是把自己逼上懸崖，再來跟大伙兒情緒勒索。她不想多聽廢話，用鋒利的水果刀剖開渾圓大西瓜那樣，相當乾脆掛斷了電話。

母親經常被人誇獎寫字漂亮。這是她人生罕見的勳章。她只有初中畢業，外公外婆重男輕女，別說教育了，五個手足裡她可有可無。面容算清秀，照片裡的她總是茫然放空，對未來一副不得已概括承受的表情。

母親很不喜歡拍照。我記得老照片裡的她，笑得很僵。罕見的家族出遊記憶裡，她也總是不耐煩地揮開我的鏡頭。出生在一個女權漸起的時代，卻沒那個命，也沒那個運受教育、擇良木。她是否欣羨過大戶人家出身的金枝玉葉？曾渴望像男人一樣靠自己翻身，變得更有出息？窮人家的女孩，無所謂前程遠大。

接二連三生兒育女，服侍不解風情的丈夫，三餐炊食日漸機械化，乏巧思，邊埋怨邊奉養公婆。不知何時起，不再買瓶瓶罐罐往臉上搽。蠟黃的臉，鬆弛的皮膚，再多保養也枉然。她消極守備不思進取。憧憬失陷的未來，像是罹患風溼性關節炎，一變天就會疼。

這些都成了日後她病中的作繭——生活不是化蛹成蝶，是往復無功的精神刺繡。有時人太敬業了，金針自虐的錯覺千喚不一回，肉體只好臨危受命，斑斕成一幅傳說中的十八層地獄圖。

她不清楚離婚的可能性。不確知單飛後何去何從多悲哀。感官經驗有限，侷乎道德與想像，她沒有主體性。她不清楚興趣有什麼，怎樣發自內心幸福。她不懂她自己。不閱讀不旅行，不愛人多嘈雜的地方，一杯咖啡的奢侈都不許。經常坐在客廳，電燈不開，電視也不看，一片黑漆漆，跟她經常穿得全身上下炭渣黑的服飾沒兩樣。

許多人說我長得像母親，個性也像。她不愛笑，孤僻，執拗，刀子口豆腐心。有所愛毫不保留，有所恨沒有分寸，對人容易掏心掏肺，也輕易龜縮受傷。從前，倆夫婦爭吵完，她總是躲回房躺在床上哭泣，聆聽收音機裡無限循環的江蕙和黃乙玲。失去自我的故作超然中，淒苦的歌聲，聽來格外甜亮。

突然想起小學時，新竹爆發了「陸正綁票案」震驚全台，鄉里傳得沸沸揚揚，到處是協尋廣播車的喇叭聲，提醒家長千萬小心孩童走失。一去多年，陸正後來被撕票，屍體始終下落不明。

正因此，每天早晨都是母親騎摩托車載我和妹妹去上學，但只要我們犯了錯或不聽話，她便會撂一句：「明天上學自己走。」那時還不知道什麼叫作「情緒勒索」，用情緒當糖果，以物易物，吃進嘴裡的甜，絕不是真滋味。後味微苦，有一種假膩的心疼。

隔天起床，書包款款，我說走就走，在負氣的行動中攫取勝利的歡快。五分鐘後，當母親騎著摩托車循線追上來，軟言勸慰我上車，我頭也不回，走得疾疾如風。她像隻蜜蜂耐心尾隨，直到我忍不住回頭探其座標，兩人點點頭，笑了笑，我才又坐上車。親子間的故事結局都是這樣溫馨收場，所有情緒勒索到最後都被我反敗為勝。健康時的母親曾是這樣子呵護著我長大。

成年後出了社會，面對各種體制的蹂躪，我極不適應，尤其對威權手段敏感，命令式、控制狂、假民主真獨裁，我全部聞得一清二楚，你想騙誰都誆不了我。叛逆任性有一部份是母親的溫柔餵養大的。但她不縱容。

該打罰的時候切不心軟。

小學時，我曾跟一名「媽寶同學」起衝突。媽寶動不動跟同學吵架，吵輸了就丟下一句話：「告我媽」，他媽真的會親自登門找老師「告御狀」。小孩子對擁有這種權力意識的人特別敬畏，也特別警醒，多半迂迴繞著、依傍著。

有一回我沉不住氣，從籃球場衝回教室，拿出下一堂美勞課使用的美工刀，當作威嚇的武器上場談判。你愛告你媽是吧，那我給你一點顏色瞧瞧。話說著，就把刀劃上他冬季外套肥厚的袖子，刀鋒利，一下子割露出白色蓬蓬的棉絮。所幸人沒受傷，他哇一下哭喊出聲，大家全嚇傻了。我只是想嚇嚇他，沒有要幹嘛，但那一刻，我知道自己犯下滔天大罪。

母親很快接獲通知，被老師和對方家長約談。當晚回家，洗完澡，母親拿出藤條一下一下鞭我的手心，千叮萬囑再怎麼樣都不該對人拿刀相向。也是成年後我才知道，許多人的生命裡，絕對不止一次在腦海裡想對別人拿刀相向，只是壓抑著，而更多時候，尤其是面對威權體制無法反制的時候，永遠也只能把匕首對著自己瘖啞的咽喉猛插……

關於母親，尚有幾段模糊但深刻的記憶，像是淺景深的焦距——印象中，她為我花過許多冤枉錢。我從小多傷風、多胃疾，固定在新竹市區某家資深醫師的診所看病，診所位於東門城附近的小巷弄，巷口有間速食店，在民國七十幾年可是時髦的餐廳。

有回看診完，母親帶我進店吃炸雞，咬著咬著，一戴墨鏡的視障人士沿桌乞討，許多人敬謝不敏，到了我們眼前，他苦苦哀求：「拜託、拜託幫幫我好嗎？」我對於同情心這件事還在發育中，不甚了解必要性，照樣啃我的雞。這時，母親從口袋掏出一疊鈔票（多數是百元少數千元）——她不慣用錢包，總是這樣子錢財露白被父親叨唸許久未改其志——略顯猶疑，掏出五百元，遞給對方。

視障人士連聲道謝，雀躍地走了。但那一刻我有一種莫名奇特的心痛，彷彿母愛居然被人瓜分掉了。那人走後，旁邊有一老婦湊上前馬後炮：「那人是騙子啦，他明明看得到，記得下次不要給他錢了。」我愣住，望著母親，她倒是慷慨大氣，說算了沒關係，給都給了。若不是我生病在這裡看診，若不是我吵著要吃炸雞，母親不會坐在這裡被人濫激同情心。

老一輩客家人勤儉慣了，支出花在刀口上。我潛意識總認為，母親是為了我白花那五百元。領悟的當下，我在內心彆扭著告訴自己，將來長大一定要好好孝順母親。想起童年，想起母親，我總記得這種吝惜，也為自己的吝惜於她感到洋洋得意。

讀博士班那些年，沒完沒了畢不了業，天降各類突槌應接不暇。母親迷信，帶我去算命，奇門遁甲那類的斗轉乾坤術。說是運勢低靡，為了轉運，得招貴人相助，要買開運手鍊，鍊上有某某大神作法加持，保證時來運轉。此刻寫來可笑非常，但奇怪的是，人在三衰七敗之際，對於怪力亂神來者不拒。那畢竟是最後一根浮木，叨不住便陳屍海窟。

總而言之母親花了十幾萬，買下開運物，給我配戴，欲助我乘風破浪、化險為夷。然而事實證明，命裡無時莫強求，我終究捨棄了博士學位，遁入另一個阿修羅道的職場去，這是後話，暫且休提。那時候我捨不得花費那樣大一筆錢，母親淡然地說：「只要你可以變好，我什麼都沒關係。」那是母親對孩子不可抗拒、不計一切得失的愛，哪怕明知是賭注（所以賭注從那時候就鳴槍起始了嗎）……同時，這話瞬間就把我拉回到童年看診後在速食店她被騙錢的那一天。

我任性提離職，無疑在母親未見好轉的傷口上撒鹽巴。母親不解，好好的工作為何辭掉？「因為再不辭我也快跟你一樣發瘋了。」母親不明究理說道，為了錢應該要忍一口氣。我猛的詫異，眼中那個為了兒子前程，不計花費冤枉錢的母親，怎麼突然斤斤計較了起來。「我一忍再忍，忍不下去。」

或許是婚姻和病症的瑣碎厭倦，令母親不自覺稀釋了同理心。也是這種轉嫁燙手山芋般的情緒勒索，讓我自以為成熟懂事的愛，像在菸灰缸裡使勁摁熄煙蒂那樣子，火苗一下子被窒息。

有次返鄉回家，住了一晚上差點缺氧。我適應不了黑洞的失速低溫，只想快快逃離。但那逃也逃不走的人怎麼辦？我不知道、也管不了。收起行囊準備走路去搭車，母親堅持送我一段，路上兩人也沒多話，我想探問她的股票盈虧，她不耐煩回絕，索性不再攀談。

過了馬路，我候在駐車亭，她站立對面默然陪等。母子間像是隔了一條亞馬遜河，伴隨彼此年紀越大，水勢暴漲沒得商量。母親看待逼近不惑的兒子，會不會覺得他不夠成材？除了煩和躲，我又是如何看待病急失修的母親？我揮揮手，用脣語說，別等了先回去吧。她點點頭但不動作。

我低下頭滑手機，偶爾抬起頭，佯裝張望來車，發現她視線看似在我身上，又不在我身上。兒子大了，是河岸上的一片蘆葦，影影綽綽面目模糊，再也把握不住風吹的方位。快走吧，不用陪我等了。她搖搖頭，屈從的背轉了身，像飽滿蟹膏的母蟹拖著沉重的步伐，橫著巷弄踱回家。

我望著她束緊、髮根漸白的馬尾，一度中年發福、如今衣服鬆垮明顯瘦了一大圈的身影，忽然間，不知為何悲從中來的淚盈眼眶……媽媽，對不起，我不是一個好兒子，我是沒出息的賠錢貨，沒辦法當上大學教授出人頭地，連當了記者也不盡如人意，更沒辦法掙夠多的錢，讓你們在親友鄰里面前虛榮驕矜。

世界之大而我何處可用武呢。

很多時候甚至矛盾的不敢接電話。會不會哪天母親真的說死就死了。我不想回家。不願接觸各種一瞬間把人壓垮、打回原形的壞消息。我想堂而皇之當一個不孝子，逃躲得遠遠的，誰尋死、誰覓活，都與我無關了。

因為我日日也在提醒著自己，可不可以不要去死。

只要願意，死一點不費力。套一根繩索，把頭放進去，像把一顆剛從超市買回來的西瓜擱進冰箱裡，等它冰足涼透，人也死得差不多了。買一包木炭偷偷關在房間悶燒，讓二氧化碳揮發以前先馴服自己的鼻腔和肺臟。只要我願意。我可以向最邪惡的惡靈祈禱隔天一早突發猝死。一了百了向命運俯首。

你說，憂鬱症是什麼？憂鬱症，就是當你看到別人努力就有回報，自己努力過後卻一敗塗地。但凡所有好運好事好物好景，都與你無關，也無力轉寰。終日被雪崩式的肥皂劇套牢著脖頸。

四面楚歌，碰到哪裡都是隱形的牆。

我是不是這輩子都不能擁有一般人眼中的幸福了？我為自己的沒出息、努力衝刺過卻仍不中用於世，感到無能為力也欲振乏力。就像許多突然罹癌的人們無語問蒼天。「為什麼？為什麼偏偏是我呢？」

活著活著，竟成了是枝裕和電影裡，清一色魯蛇的父親們。沒出息，軟弱，自卑，不合時宜。此形象多來自導演現實中的投射。幾年前，我專程去東京採訪是枝裕和，回憶起父親他面有難色，話語裡仍拉鋸著憾恨與本能所剩的一點愛。

《比海還深》有句話說：「不是每個人，都能成為自己理想的大人。」《我的意外爸爸》裡，福山雅治飾演的菁英父親，是難得不魯蛇的形象，他不願接受兒子太愚笨，妻子受不了反酸他：「沒失敗過的傢伙，是不會理解別人的心情的。」

一敗塗地如我，想必最有資格理解吧。人不可能只有一套五官，哪一種才是本來面目？體制裡我或許偏向弱勢者的角色，但並未得以站上道德制高點，就此所向披靡。我也有我不可告人的一面。在家庭倫理是個虛與委蛇的失格者，在緣起緣滅的迴路中是厭世自棄的悲觀主義。而那些在職場裡大動干戈的傢伙，也可能私底下敷衍另一套人皮，反芻不為人知的委屈。

冤冤相報，每一面牆上都爬滿了壁癌，抓漏、補縫，無時無了。

我執、我慢何其深，怎麼斬呢？不是虔誠善男子，卻在人生無救無贖的時刻，抬頭問天意。佛法有所謂「四無量心」，《六祖壇經》說：「慈悲即是觀音，喜捨名為勢至。」慈能予樂、悲能拔苦、喜能除嫉、捨則無執，在這四種情緒裡修習無量心，方可轉化自己在人世間的負面情緒和煩惱。

曾有人問道，「文學之於你的轉化為何？」有時候文學是觀世音，救苦救難大慈大悲。更多時候文學是觀落陰，我不入地獄誰入地獄。前者以他者為鏡，共存亡，度苦厄。後者以自我為孽，醃七情，釀六慾。

所有文學經典裡打撈出土的蕩氣迴腸，來到我的人生現實裡，都熟爛成了豬大腸（大腸麵線裡被切割成一小段、一小段的分屍）。

母親膝下，摯友閣下們，還望諸位大人不計小人過，請原諒我這魯蛇，如此那般沒出息，卻還狼狽苟活著沒有倉促死去。

我是我自己悲戚的進行式。

負心的人

蘭陵笑笑生與馬奎斯的啟示

《百年孤寂》寫及了亞瑪蘭塔和約塞的不倫戀，她刻意在相處過程裸露，絲毫不在意軀體的年輪，青春的他勢必未解人事。共浴時，她手指著胸口的深溝說：「有人割了我很深的幾刀」，極盡挑逗煽情。故事的後半段，馬康多成天都在下雨，不滿足的情慾在漣漪中擴散，不被祝福的愛情註定有去無回。

衰老的母親易家蘭說，雨停之後我就要死去了，她已經離愛情太過遙遠。曾經婚姻帶來喜不自禁的高潮，棺材必然也會。席甘多則在連綿豪雨天中梭哈了情婦賦予的超級好運，他與柯蒂絲的不倫戀燃燒著真愛嗎？貧賤夫妻百事歡，當同情與愛情再也分不清，才是理想的歲月靜好現世安穩？談情不語負心漢，他無法在夢醒時分成為好人，他要的從來就只是紅玫瑰。

哪怕癡肥的體態讓擁抱變得艱難，親吻過後徒剩甜腥的唾沫齊飛，這不也是一種復健中的愛情？更令人顫動的，是他們對原配卡碧娥的遷就，將她視作女兒，無條件低姿態的經濟反哺，剔骨割肉的回報——究竟要愛一個人到什麼地步，才會願意把對方睡過的人視若己出（哪怕身在曹營心在漢）？

柯蒂絲終究沒能執子之手白首偕老，連進門守靈都難如登天（每次看到這橋段，都忍不住狐疑這是中南美洲版的警世通言？奇怪，馬奎斯明明不是走訓導主任路線才對呀，連亂倫戲碼都寫得那麼銷魂，壓根不輸蘭陵笑笑生，或是任何一位當代韓國偶像劇的編劇）。

不知道為何，每次重讀《百年孤寂》到最後，尤其是席甘多與柯蒂絲的關係，總讓我聯想起《金瓶梅詞話》。西門慶與李瓶兒的愛情，雖入之以淫，卻出之以真愛。西門慶在李瓶兒死後大慟大悲連番啼哭。講難聽點，以他西門官人的財勢，要玩弄多少如花美眷皆如入股掌之中，堪稱百人斬的他何必哭衰唱絕？

馬奎斯浪漫地說，愛情像地震。蘭陵笑笑生卻偏要邪惡地說，愛情是一根東西放進去通到底。正是：爽到你艱苦到我，想放棄卻不能甘心放手。

可惜此情、此莖只應書中有。

想起太宰治在小說名篇〈櫻桃〉的開端，描寫一名不爭氣的小說家丈夫，炎夏時分坐在三疊榻榻米房間揮汗如雨，妻子一手給嬰兒哺乳不得閒，還得三頭六臂招呼丈夫吃飯、替兩名幼齡子女揀拾掉落的飯菜、擤鼻涕。吃著吃著，不知為何苦悶心煩的丈夫開起黃腔：「妳是哪裡冒汗？大腿內側嗎?」妻子卻四兩撥千金說道:「我這雙乳之間……是淚之谷……」丈夫啞口,逕自埋頭扒飯。

淚之谷。胸坎的棱線為何總脫離不了哀傷的隱喻。

我也好想要光明正大的,用手指著自己的胸懷,對另一個人說出這樣的話:「有人割了我很深的幾刀」,不只是形而上的隱喻,我由衷盼望它具體而微。

於是向來沒有肌肉崇拜的我,賭氣練起了胸肌。鍛練的過程充滿儀式,忌口,少量多餐,高蛋白,低脂肪(還有,嗯,禁慾)。肌肉反覆被重量破壞之後才能生長,本來絕望無際的平原,在歷經一場地震之後,隆起凹凸的山丘(儘管沒認真練,小小的看來倒似饑饉的貧乳,堪稱「無言的山丘」。)

肌肉不在破壞的當下生長,而是沉眠的時候。正如愛情幻滅的當下永遠不可能跨越悲傷,非得等待光陰唱衰、唱死一些什麼,才能在迂迴的下游掏沙揀金。那句閃閃寶貴的「有人割了我很深的幾刀」甚至「淚之谷」，終歸要留給負心的人，去承受。

罔兩問景（影）：究竟誰才是愛情傀儡假裝為情癡狂可憐兮兮（或嗜甜如蜜）？

愛情是什麼？愛情是，襪子破了洞，躲在鞋子裡大方露出腳趾頭，一點也不難為情，死皮賴臉繼續穿著，直到破洞一天一天被五隻趾尖撐開，脫紗，變形，像蠶吐絲再咬破繭。然後某天起床，甜然發現對方幫你備妥了新襪子，但舊的並不丟棄，倆倆擱置在原來的衣櫃，新舊相疊，情比金堅的模樣。這是一種家常的愛情。

或者，夏天黃昏點了一圈蚊香，蚊子聲漸趨漸弱死光光，綠色的線香體在時間的癡心吸吮下，終於繳械，短命成火紅的蕊。煙霧一片繚繞，卻懶得熄滅，然後有人在你幽幽昏眠之際，吹斷了火蕊，餘留半圈給明天。

留待明天，同樣一人焚香，一人斷香，餘煙裊裊，愛情影影綽綽，相顧兩不厭，無聲勝有聲，你明白這也是一種家常的愛情。

說穿了，愛情關係一個願打一個願挨，一個步步為營一個游刃而有餘，儼如《莊子》寓言裡的「罔兩問景（影）」。學者多半認為影子的境界較高，因為它無心而自在，無為而安之若命，罔兩恰好相反，既有為又多心，所以泥足受陷。

事實上，愛情若不能如影隨形，有求有待，還有何意義？誰是主體誰又是客體？誰是病患誰才是心理治療師？究竟誰又才是愛情傀儡假裝為情癡狂可憐兮兮（或嗜甜如蜜）？

旅途中的人蔘杯具：京都、東京（中目黑）、里斯本

京都的哲學之道相當冗長，沿著河畔慢慢走完全程，兩三小時跑不掉。春天去京都，我習慣挑觀光客鳥獸散的那禮拜，花色霑霑唯我獨大，

但風險就是眼巴巴凝望滿城櫻吹雪的殘念。

幸運的話，梢上猶有六七成的生意，夾道殘櫻紛紛，邊思忖負心的人，邊邁腳踩過去，那些花兒又死過一回，明明幾天前仍燦爛枝頭的啊，倒不如這樣結結實實踩過去，心裡生出報復的快感。

被痛甩的獨身男子也只有這點能耐和窩囊了。途經「洗心橋」，大言不慚的勸世隱喻，佛曰放下屠刀而成佛，誰不願意洗心革面，成就金剛已壞的肉身？行過潺潺的櫻河畔，汗了，脫下襯衫，裸出肩胛骨，任緋紅一圈一圈染印我，喬裝成切腹的武士並竊竊自喜（潛台詞：我是好人，請盡量發我卡吧）。

東京JR中目黑站，出站後右轉直走會抵達目黑川。附近住宅區和各類人氣小店比鄰而居（川畔還有間長崎蛋糕名舖福砂屋的分店，素晴らしい）。晚春河岸滿開纍纍令人感到恐怖的櫻花。盛開的櫻花情同負心的人，再怎麼難忘不過也就那麼短短的光景，謝了花瓣便忘了痛。

愛過的人成為記憶，恨過的人留在心底，寫過的字如流水，緣慳的人已不在燈火闌珊處，無論最後的結局急轉或遲緩，都曾是一場吉凶難卜的投石問路啊……

里斯本的建築主體是馬賽克磁磚，春日氣溫尚低，陽光一碰就化開，唯有磁磚吸收了寒氣，像冰塊。想起某個幼年的夏天，犯了錯被母親毒打，男孩癱躺在昏暗客廳地板的磁磚上，摳弄周邊缺損的碎磁。頭髮被淚水浸濕，流到磚上冰涼涼，將傷口湊近，鹹鹹的痛感如灑鹽醃肉，等水分蒸發，成為既視感般模糊的疼。

里斯本人潮稀少，空氣中飄有葡式蛋塔酥濃的奶香，露天咖啡座淡菜如雲，歐亞大陸的最西陲，時光靜止，連海的心腸都是軟的。二十八路鵝黃電車招搖過市，三兩學童追逐、強行攀附車緣儼然特技表演，不可思議的是，司機如常行駛。

負心的人不會記得，走過這些地方之時，我的表情。

如果愛情能像賭神手中的連續洗牌刷刷刷一條龍永不間斷，該有多好。

魔山

永遠的伏鬼道士林正英和他的徒弟許冠英，相繼在一九九七、二〇〇一年辭世。近年切換電影台，仍會看見「暫時停止呼吸」的鐵三角：九叔，文才，秋生，熟悉的人鬼爭迭片段輪迴播送，彷彿死者不曾離開。

如今，只剩下秋生（錢小豪）唱獨角戲。睽違多年後，五十歲的他，偕導演麥浚龍藉故事新編的電影「殭屍」捲土重來，有意無意寄託了微言大義：過往驚悚片最恐怖的是鬼魅、妖精或殭屍，現代驚悚片最恐怖的，其，實，是，人。

而錢小豪幾近自傳式的入戲，究竟居心何抱？

宣傳片段裡，當年二十出頭的俊俏書生早已形銷，鬍渣攀纏，徒剩滄桑、暗沉、慵懶的熟男面龐。不純然因為造形的緣故吧。眼角細紋仍舊雕有桃花，可惜軟爛了。半裸的肉體，不訴求精赤陽剛，任小腹積圈著微微的脂肪。堂堂小生淪成了狼狽大叔。明星光環早已不再，幾年前又爆發偷拍底褲的性醜聞。

該說時運不濟嗎。他的存在，具有某種遲到的現代性傷感，像堆沙成塔的光陰黑洞中翻看老照片，沙被篩落時，照片裡的人事物不經意在太陽底下裸露著光暈的毛邊，澀澀亦色色，碰一沙便節節塔潰。

物是人非萬事休矣。我也曾經欣賞過他。

受訪時，他照舊操著港腔國語，嘆氣。當年一起在電影界拚搏的同儕，接二連三奔向演藝生涯的高峰（比如張曼玉、劉德華），唯獨他，遁入深海龍宮的浦島太郎般在廢墟踏步。別人除了演技大突破，國語精益標準，容貌更是凍齡保鮮——看看張曼玉、劉德華始終駐顏有術——而錢小豪他，究竟是武打演技愁無進展，或是耽於虛名一晌貪歡呢？

總之翩翩飛黃的色彩未再臨幸他。

山中方七日，世上已千年。錢小豪哀悼的恐怕不單是人間寥落的窘況。乃是早期香港電影產業（尤其殭屍片）的宣告敗部，正式邁往另一場好萊塢化的全新紀元。香港九七大限已過，還要面臨多少汰舊換新的生態。在那個所在，所有畫面都被眩眼聲光數位化，無須過多演技穿鑿，只需要行銷與包裝，猛藥、催情和特效。

京華煙雲，再不見殭屍蹦跳，道士只能乾瞪眼發愁。取而代之的是生化病毒後遺症的西式殭屍。惡靈古堡，陰屍路。屍速列車。末日之戰。又或者進擊的巨人。怪奇物語。驅魔麵館。Sweet Home。一支槍一把刀，人人皆可殺鬼打怪搶救全宇宙。正所謂暴力血腥稱王道，身首四異家常飯。

電影橋段裡，錢小豪一如現實落寞地，還在破敗大樓（出過命案鬧過鬼）的廢棄空屋，上吊自盡。斷氣前，繁華虛境划盡眼前，淚光閃閃落下，停格，放大，那些年一起跑龍套的無名小卒們，一個個以超級國際巨星之姿，躍登好萊塢市場，並在俗氣的漢名之外，取了梅姬，安迪，傑克，湯尼之類殊不知更加俗氣的英文名。

一滴男兒淚，折射整片過氣酸臭的海洋——

錢小豪哀悼的或許是，他自己，居然，成了癱立在棺槨裡的老殭屍，在原地咚咚跳啊跳，暫時停止呼吸的同時，光陰也戛然喊停。他一直在枯等著誰，來幫他撕去額前自暴自棄的黃紙符。

暫時停止呼吸。鬼何寥落，竟也沒有人來。

當年，我們是同個指導教授的同門師兄妹。學院掩藏太多不為人知的困境和苦悶，我們這世代老被前輩戲稱草莓族。當年，少子化和流浪教師、流浪碩博士的議題早已炒作沸騰。前輩們有了身分地位、不愁下半生飄零無依，卻撻伐我們這些同樣渴望透過教育來階級流動的晚輩們。

大家身處同一條船上，歷史共業（其實用「失業」比較恰當）的現實，卻由我們一肩扛——繼往比較難還是開來比較難呢？究竟誰才是草莓族我忍不住懷疑。新一代知識分子高學歷高失業的處境艱難，全然不亞於殭屍族群的瀕危絕境。

梅姬師範畢業，是有證照的高中教師。代課多年考不上正式，幾度落榜，莫名其妙考上研究所姑且先唸了。家道艱困，開銷一應自行負擔。她用筆名寫言情小說賺外快。兼家教。從沒放棄過教師甄試。每年連考十幾間學校，南北跑透透全落榜，比大樂透槓龜還心灰意冷。我無謂說道，只能認命啊，我們這一代人註定是垮掉的、衰小庶格之命。

大學時期我修教育學程半途而廢，後悔極了。唸研究所時期彈盡糧絕，索性流浪在各校兼課，得不到正宮的名份和待遇，一樣的鐘點一樣的課後服務（傳道授業解惑，外加永遠改不完的可怕作文），薪水微薄得不成比例。後來重新考上教育學程，卻為了一場遠距離戀愛再度放棄。

倘若當時自私一點的話就好了。

人往往在最銷魂的當口暈頭轉向失了理智，那必然是癡心絕對的。誰能料想，後來慘遭對方惡意離棄。被甩在一個陽光燦爛的日子，煙花三月。清晨靜默的校園樹蔭下，早熟的蟬開始騷動，我坐在車裡，清楚聆聽彼此不安的喘息聲，那話語一脫口便像黑狗血遍灑渾身，冷而腥黏。

不由分說被逼分手。不能挽留，沒有權利。我失格，我下作，我軟弱顫抖。哪怕我並不是做錯事的那個人。到頭來才明白，心軟的永遠是被吃的死死的（倘若當時自私一點的話就好了）。我欲轉身離去，聽見後方幽幽的聲音：「對不起，我想去過更好的人生……」。光明正大的。

那幾枚漢字情同世上最齷齪的髒話，吐在我臉頰，怎麼擦也擦不乾淨……

我和梅姬是夜遊良伴，常流連在深夜的大學操場，或者鎮上唯一一間KTV的陰暗包廂。那些地方擁有揮霍無盡的青春和汗水，深情與絕情的嘶吼，無數競技及姿態被大肆展現。梅姬曾脫口問我，「你小時候喜歡玩躲避球嗎？」我說我只喜歡獨立運動，沒什麼存在感的人不擅長融入群體。

真的，我只要和人過度親密就會出事。就像是高密度的中子星，任何物體一旦接觸中子星，表面重力將會倍速加乘，產生嚴重核爆。

她問，「當球迎面飛擊的當下，究竟是穩住腳跟接球的人比較厲害，還是在球快觸身之時像兔子輕巧躲開的人？」想不起我回答她什麼，只記得涎著臉隨意開起黃腔（想來我是如此無恥）。

那個節骨眼，我從沒正視過身邊日常的裂縫，以致於她曾在電話若有似無的暗示也沒當一回事（我畢竟只是個連冠冕堂皇理由都沒被告知，就毫無預警被甩掉的廢品）。

深夜包廂，不是情人的兩人高唱情歌，一首飆過一首，好像對彼此唱出了什麼，又彷彿什麼都沒唱出口。梅姬唱歌總喜歡開迴音效果，我相反。我戒慎凡事留有餘韻，它讓人萌生某種死裡逃生的驚惶。

畢竟太年輕了呀，光陰啊、死亡啊、憂愁啊，還有段距離不是嗎。直到我被別人真心誠意地抛遠，才慢慢發覺，梅姬是認真的。她早已先我一步在思考人生的殘酷奧義了。

「如果是我，我會去接球，不接到死也不甘心」，那時她這樣說。

如果換作我，會毫不猶豫用最快的速度躲開。我再也不願讓任何人在我的星球上核爆。

《魔山2：隔山有眼》是我和梅姬唯一一起看過的電影。這部系列電影的情節設定裡，最懦弱無能、最被瞧不起的人將成為倖存者。第一集主角是個老被岳父看扁的窮酸女婿，在全家幾乎被滅門後，為了救女兒大開外掛，殺了魔山上所有怪物。第二集主角是生性保守、被同儕譏諷為娘炮和膽小鬼的美國大兵。這兩個主角的性格普遍氣弱、神經質、唯唯諾諾，竟是恐怖故事結局唯一的生還者。

「魔山2」有句宣傳語：「運氣好，才能好死」。反觀那些坐擁技能自恃甚高的同儕強者，一個一個慘遭凌遲，成為斷肢殘體。對手並非真的鬼怪妖魔，而是遭受生化武器畸變的半人怪物，嚴格說來，算是伺機行動的殭屍。

梅姬那時對我說，做人啊賴活不如好死。我不疑有他。至今我仍摸不透，當初怎會去看驚悚片而非喜劇片。她說她膽大，我們就衝了。她的膽大讓她義無反顧說出某些哲學式的話語，促使我下意識忽略。劍及履及。

不知偶然或刻意，梅姬不久後搬離盆地，返回故鄉代課。我們的防線只剩臉書上頭亦莊亦諧的虛幌。誰都沒有再提問人生細節。再後來，她交了男友。自她遷離，整座盆地我便親友曠絕了。

而我始終戍守著胸坎這顆中子星，儒弱，苟活。

梅姬後來發生許多事我無從聞問。她身旁已有了人，不再適合曖昧的關係。最後一次通話，在二〇一〇年底。她回盆地和指導教授商討論文，我返鄉度假，恰恰錯身。她在話筒彼端啜泣：「我沒有救了，連老師都不理我了……」教甄失利、論文瓶頸、經濟壓力，她百般想奔逃，奈何又癡迷繞回這座魔山來。

我語拙安慰，承諾幫忙看論文，提供修改意見。掛線前一刻，她像吞落木炭發出沙沙的聲音說：「誰都救不了我。我再也考不上正式老師，論文也寫不出來了。」我把心一橫說：「寫不出來就不要寫了，把論文丟掉吧，既然這麼痛苦，這學位不要也罷。不用怕我幫你去向老師說。」她說，「不管怎樣我都想試著把球接住，我不想當膽小鬼。」我聽者有心，中了一箭。是啊原來我才是懦夫。

隔天收到她寄來的伊媚兒，信中寂寥，僅僅一夾帶檔。印出來幾萬字好肥厚。當時我深陷情緒泥淖外加期末論文地獄，整疊擱在手邊，一時忘了。

秋去冬來。年初二，消息一來即是報喪。套句她生前最愛開的玩笑，整個砍掉重練去了。她留下幾封遺書在桌上。沒有半封給我。

如果，她撥電話的那天我在魔山入口，結局會否有轉圜？

在她最慘的時節，我正面臨被一個人惡意離棄、最苦澀的時候，我不是不曾想過自戕。那段時日我被玩弄到天翻地覆的窘境，退無可退，一級一級墜敗到沒有光的所在，從塵埃裡也無能開出半朵像樣的花來。白日裡我維持著快要精神萎謝的邊緣，不苟言笑。無人察覺。

肉體或精神的崩潰，自古以來永遠是獨自擔綱的戲。一次否定，兩次否定，我不信邪，選擇原諒，一次爭執，兩次欺騙，並沒有負負得正的圓滿。我不是沒有抗壓力的爛草莓，也不是癡情良深的賈寶玉，真的不是。

我只是心有不甘，何以一個人可以玩弄另一個人至如斯惡劣的地步，憑什麼！那像韓劇一樣匪夷所思的劇情居然上演了。我可以不崩潰嗎？沒骨氣又不中用的我可以嗎？被挑斷筋脈，武功全失的人，可以繼續在這個世界坦然活下去嗎？

我荒廢了博士班前兩年的學業，蕩日廢時耗盡力氣在一個人身上，一無作為，到最後對方迂迴輾轉宛如魔術師，偷天換日顛倒眾生，春水波瀾之後，便杳如黃鶴溜煙，去過那所謂更好的人生。

與其說我痛，不如說覺得糗。糗斃了。

以至於我常跟梅姬說，哪天想不開我便去燒炭了。她總是露出納悶的表情笑我，以為我耍白爛。炭呢，確實囤了好幾包，始終僥倖沒燒。梅姬反而捷足先登走了，她一個人進魔山去幹嘛呢，明明是一起去看的電影，哎，怎不順便揪個去死去死團咧。真他媽的不講義氣。

告別式後，輾轉從她親友口中得知，臨死前，她罹患重度憂鬱不可自拔（恐怕我也難分軒輊了吧）。她的病況我略知一二，殊不知已入膏肓。其實，早在入魔山的那刻，我們就宣告了分道揚鑣各走各路。性格決定命運，誰能在殺鬼打怪的過程中殘存下來呢（哪怕愛情也不例外啊）。我心知肚明，她壓根是神風特攻隊轉世。

梅姬這回不僅僅是搬離盆地而已。

賴香吟曾在散文裡寫道（大意依稀是）一個人在歷經感情挫敗、行到中年之後，究竟該去哪裡找一個清清白白的人，談一場乾乾淨淨的戀愛？我仍記得當時讀到這段話的震撼和痛楚。從魔山歷劫歸來後，我沒有變勇敢，反而心折骨驚。博士班生涯一如預期後繼無力，在洪仲丘案爆發、群情激憤的那個月，我休了學，入伍服役。

成功嶺新兵訓練就像魔山歷險，所有豺狼虎豹都在僵固的體制牢籠守候。

下單位，分發到故鄉山區的小學。家人獲悉我夜夜獨守空校，緊張兮兮。你不怕鬧鬼嗎。我不怕鬼我不怕。我比較怕那些會傷害人的人。我害怕整座小鎮的人都死去變殭屍流竄，倖存者自相殘殺，搬演魔山的戲碼——倘若，是我自己死去變成殭屍出來害人？

分發到小學，人皆曰爽兵。相較國軍輕鬆，然則按表操課，禁錮不改其實。你讀過傅柯關於規訓與懲戒的論點嗎。體制和權力系出同源，歧視，壓抑和變異無所不在……梅姬早已人亡屍毀，心頭魔山猶在，離離原上草，我困守在小小校園，一夕一枯榮。好極了，我很開心我有被虐的潛力。在這裡完全無須運轉腦袋。

狼狽是一種活，無動於衷也是。

偏鄉孩童純樸，一開始喚我教官，累月後改叫大葛格。有的叫薯叔（一把年紀才來當兵，我不以為忤）。體育課，一伙小鬼頭打躲避球，在四方格裡亂亂竄，罕有人撲面迎球。面臨傷害或危機，逃避不是本能？梅姬不然，她直面創傷。人類是否真可以坦然面對被愛而後遭棄的現實？

儼然，我成了過氣的殭屍片武星錢小豪。

服役宛如墜落陰曹，無論於陽世承受多少癡情苦楚，都得在凝固的時間黑洞再修煉一回。愛過的人說走就走，在其公領域飛黃騰達。眼看博士班同儕相繼突飛猛進，一個個順利卡位，如皇帝登基當上大學教授，唯獨我原地踏步，像是在月球表面無重力漫步。

深夜的警衛室啊度日如年。我始終沒遇見鬼。梅姬從不曾託夢。

某天，飲水機的管線突如其來爆裂，不知不覺腳下水流漫漫，覺得冷，想抽回，眼見門縫洩出大水。警衛室一下子被淹沒，嘩嘩水患不絕，我怔愣，如夢魘如蜃影侵身。在這樣的瞬刻，我魔幻寫實地惦記起梅姬的嗓音，那多首飄搖欲墜的包廂情歌旋律。以及告別式上，她如待宰的泥鰍般平躺在棺槨等待火焚，視死如歸的倔強神情，「如果是我，我會去接球，不接到死也不甘心」。

我是否也能學你，接住世間變幻無常的躲避球？所謂的魔山，會不會根本就是一齣試膽的空城計？

警衛室迷茫似汪洋。夜深無援，一個伴也沒。浦島太郎要下海了嗎。朦朧恍惚間，我致電父親，央他開車載來拖把掃具。梅姬肯定會笑說，一把年紀了還向家人討拖把窘翻了。

她死後，願意真心對我的人絕跡了。

魔山蟄居十年，生命整整三分之一，我接二連三被否定。我太醜嗎？我太軟弱？我沒有權利享受幸福？否定如果成立一種美學，那我鐵定鶴立雞群。

二老步入寒傖的警衛室，頻皺眉，那皺意不光因為水深及踝，恐怕感慨老大不小的兒子一事無成前途堪慮吧。我的軟弱畢露無疑。母親鎮靜追索，有對象了嗎，退伍後考慮成家嗎。我說，誰會想嫁給我這種人呢。你們又沒留給我股票土地房產車子。兩老木然。荊棘話語刺己傷人。你們走吧別再降臨中子星了。為了貪圖耳根清靜，兩敗俱傷。

那場突如其來的水患，是徵兆。《素問》有陰陽五行相生相剋之說，「更貴更賤，以知生死，以決成敗。」魔山從沒有乾過。照理土該剋水，我居山高卻命帶低水。眼淚一干傷心事從未斷絕。回到素以九降風聞名的故鄉，照理說不該那麼溼。我卻把經年月久的魔山沼氣搬移歸來。註定了要和世上所有專斷的體制格格不入。

「運氣好，才能好死」。

我恆常在深夜警衛室，思忖梅姬是否已投胎轉世、重新做人。活過半百，再回首，我遲早也會詠懷魔山凋零的老搭檔嗎？淪成癱立棺槨的老殭屍，在原地咚咚跳啊跳，暫時停止呼吸的同時，光陰嘎然喊停。其實我也一直在枯等著誰，來幫我撕去額前自暴自棄的黃紙符。

人何寥落。腳下水患成河。愛過的人一個個絕情而去。

再也遇不見像梅姬那樣的人了。我好想妳。

新人間叢書 321

太宰治請留步

作　者——黃文鉅
執行主編——羅珊珊
校　對——黃文鉅、羅珊珊
美術設計——朱疋
行銷企劃——吳儒芳

總編輯——胡金倫
董事長——趙政岷
出版者——時報文化出版企業股份有限公司
108019台北市和平西路三段二四〇號四樓
發行專線——（〇二）二三〇六六八四二
讀者服務專線——〇八〇〇二三一七〇五　（〇二）二三〇四七一〇三
讀者服務傳真——（〇二）二三〇四六八五八
郵撥——一九三四四七二四時報文化出版公司
信箱——10899台北華江橋郵局第九九信箱

時報悅讀網——http://www.readingtimes.com.tw
思潮線臉書——https://www.facebook.com/trendage/
時報出版愛讀者——http://www.facebook.com/readingtimes.fans
法律顧問——理律法律事務所　陳長文律師、李念祖律師
印刷——紘億印刷有限公司
初版一刷——二〇二一年四月九日
定價——新台幣三八〇元
（缺頁或破損的書，請寄回更換）

太宰治請留步／黃文鉅著. -- 初版. -- 臺北市：時報文化出版企業股份有限公司，2021.04
面；公分
ISBN 978-957-13-8808-3（平裝）

863.55　110003871

ISBN 978-957-13-8808-3
Printed in Taiwan